collection polars niçois

le polar selon la Maison d'édition Baie Des Anges

www.baiedesanges-editions.com

BAIE DES ANGES
MAISON D'EDITION - CÔTE D'AZUR
www.baiedesanges-editions.com

PolaR collection noir méditerranée

Le Carnaval des loups

Brigitte Rico
Georges Rocco

baie DES ANGES

A Lisbeth…

A Mario…

Prologue

« - Maman, je vais à la Place Masséna pour voir le Carnaval !
- Non, Camille ! Ce soir, tu restes ici !
- Pourquoi je ne peux pas aller au Carnaval ?
- Parce que tu ne le mérites pas ! Et tu sais pourquoi tu ne le mérites pas ?
- Oui, c'est parce que j'ai fait des bêtises.
- Oui, hier matin, tu as fait une grosse bêtise ! Je t'avais pourtant interdit de jouer avec le chat de cette maudite voisine !
- Pardon, Maman, pardon ! Laisse-moi aller au Carnaval, s'il te plaît, Maman !...
- Cesse donc de me contrarier.Tu sais que je suis fatiguée, que je suis malade. Aide-moi plutôt à ranger les affaires de ton père dans les cartons.
- Non, je ne veux pas toucher les affaires de Papa, il est mort depuis longtemps ! T'as qu'à les jeter, toutes ces affaires ! Et puis laisse-moi tranquille, d'abord ! Je monte dans ma chambre !

- Je t'interdis de parler comme ça à ta pauvre mère ! Viens ici immédiatement !

Camille monte dans sa chambre et prend un livre, il y en a plein dans sa bibliothèque. D'histoire, de sciences, de littérature. C'est toute sa vie, les livres, depuis toujours...
Maman croit que Camille ne les lit pas, Maman croit que Camille est bête. Du reste, tout le monde croit que Camille est bête.

Camille n'arrive pas à lire aujourd'hui, c'est trop contrariant de ne pas pouvoir aller au Carnaval.

Alors Camille sort toutes ses poupées de la malle. Elles sont belles ses poupées et elles lui font du bien. Aujourd'hui, c'est Sonia, sa préférée, elle a un si beau sourire, qui ne s'efface jamais. On va lui faire de belles tresses, lui ôter sa robe bleue. On va lui choisir un joli maillot de bain, celui en lamé rose. C'est l'hiver en ce moment, mais Camille s'en fiche, parce que les poupées n'ont ni chaud ni froid.

« - Tu sais que je t'aime Sonia ? J'aime te tenir dans mes mains, te caresser doucement. Comme tu es belle ! Tu es mince, ma jolie Sonia, tes jambes sont longues ! Attends, je vais te mettre tes jolis talons roses ! Là, comme ça c'est mieux ! Elle est si belle ta poitrine ! Bah, moi j'en ai pas. Et ce maillot te va si bien ! Tu ne l'aimes pas ? Tu veux que je te mette autre chose ?... Mais réponds ! Réponds-moi, Sonia ! ! Tu ne réponds jamais ! Et bien, je vais te punir ! Voilà ! Voilà !

Camille arrache le bras de Sonia !

- Maintenant, tu vas me répondre, sinon, je t'arrache l'autre bras ! ».

Mais cette méchante Sonia ne répond toujours pas.

Alors Camille se met à pleurer. Camille a 40 ans, mais il se met à sangloter...

Chapitre 1

C'était dans une de ces villas luxueuses que la Côte d'Azur abrite en son sein, qu'une scène des plus sadomasochistes était en train de se dérouler.

Ils étaient trois. Trois à partager avec ferveur des délices sexuels violents.

Un couple marié et un invité qui portait un masque de loup-garou ne laissant apparaître que la bouche. L'homme masqué, c'était Grégoire Massa, Lieutenant de la Police Judiciaire de Nice.

Ce soir là, il avait décidé d'augmenter encore son adrénaline dans les jeux brutaux du sexe, une habitude qu'il avait prise depuis l'affaire des têtes coupées qui avait terrorisé la ville de Nice et la France entière. Bon nombre de galeries à Nice s'étaient vu, avec horreur, exposer des têtes de cadavres sur socle, telles des œuvres d'art.

L'auteur sans scrupules de cette fameuse série de crimes effroyables avait été sanglant. L'auteur ingénieux avait fait en sorte que quelqu'un d'autre endosse la responsabilité de ces massacres. Et cet auteur machiavélique n'était autre que Grégoire Massa, le Lieutenant Grégoire Massa, lui-même.

En effet, depuis un an que l'impuni avait tué et décapité ces hommes, tout le lassait.

Une affaire qui avait fait un horrible tapage sur la Côte d'Azur et fait trembler d'effroi la France entière. Pour la petite histoire, ce fut à travers un hommage rendu à Van Gogh, Arcimboldo, Magritte, Picasso, Munch ou encore l'artiste niçois Ben, qu'un tueur en série avait laissé des traces macabres de son passage artistique dans des galeries d'art contemporain.

Une affaire qui fut d'autant plus croustillante, que le Lieutenant Grégoire Massa, chargé de l'affaire, l'avait lui-même résolue, et pour cause.

La coupable qui fut désignée par la Police était Meggy Ker-Benson, une ancienne profiler du FBI, une Américaine d'origine française, qui était revenue s'installer dans son pays d'origine après la mort de son père, un ancien Agent Spécial du N.C.A.V.C. (National Center for the Analysis of Violent Crime) à Quantico en Virginie.

Installée à Paris, elle avait été souvent sollicitée par la Police Judiciaire du Quai des Orfèvres comme consultante dans des affaires complexes.

Son ami de la Police Judiciaire de Nice, le Commissaire Bertin, lui avait demandé de descendre dans le sud pour lui donner un coup de main dans cette affaire singulière qui donnait du fil à retordre à l'équipe qui était en place.

Cette enquête avait donc réuni l'Américaine Meggy Ker-Benson, et le Lieutenant Grégoire Massa, aussi fins limiers qu'orgueilleux l'un et l'autre, ce qui leur avait valu une rude compétition. Tous les coups leur furent permis, et pas des moins crapuleux. Ils n'avaient l'un et l'autre reculé devant rien.

Meggy Ker-Benson avait organisé une mise en scène sordide. Elle avait tué et décapité un innocent, un jeune prostitué qu'elle avait alpagué sur le trottoir et qu'elle tenait à sa botte depuis quelque temps.

Elle s'était inspirée du mode opératoire du tueur qui sévissait à ce moment-là. Son imitation était sans failles. Un copycat parfait.

Elle avait déposé de faux-indices chez un autre innocent, un artiste-peintre loufoque, un coupable idéal qu'elle disait soupçonner depuis le début. Tout ce processus minutieux avait failli faire d'elle la seule personne capable de résoudre finement l'affaire et de prouver qu'elle était plus forte que son adversaire en matière de profilage.

Mais c'était sans compter sur l'esprit pervers du Lieutenant Grégoire Massa, qui lui - ne voulant pas jouer petit - avait, en réalité orchestré depuis le début l'organisation de ce massacre général - en tout, cinq corps décapités - et avait suffisamment manipulé sa collègue et rivale pour la pousser à commettre l'irréparable, et pour la confondre, au final, en lui collant tous les crimes sur le dos. Une imparable et diabolique machination signée par une sommité de la Direction Centrale de la Police Judiciaire qui était au-dessus de tous soupçons.

En attendant son procès, Meggy Ker-Benson, croupissait à la prison de Nice, ruminant sombrement sa défaite. Le diable avait remporté la victoire .

Le Lieutenant Grégoire Massa, jouissant d'une liberté qu'il devait à sa sagacité et à son organisation parfaite, savourait cyniquement son triomphe. Son adversaire était redoutable aussi, mais elle avait sous-estimé le diable.

Il avait mené son intrigue d'une main de maître. Son orgueil l'y avait poussé, et son génie avait fait le reste. Nul, jamais, ne l'avait soupçonné.

Dans les premiers temps, une délicieuse impunité l'avait plongé dans une jouissance la plus totale, mais celle-ci avait fini par s'émousser au bout d'un an...

Rien de plus fulgurant, de plus transcendant que ces actes abjects ne l'avait transporté depuis ; et l'ennui et le désœuvrement avaient fini par le gagner.

Il tuait son temps à chercher des sensations fortes que son métier de flic ne lui procurait plus. Le sexe à tout-va comblait plus ou moins ses manques, à condition d'y rajouter le piquant de la violence.

Quelques châtiments brutaux à des prostituées avaient été satisfaisants sur le moment, mais il n'avait pas retrouvé ce sentiment vital de toute puissance qu'il avait éprouvé lorsqu'il avait minutieusement organisé son abominable massacre.

Le Carnaval de Nice serait son lieu de chasse.

Cette fois-ci, il était déterminé à aller au bout de ses désirs de détruire. Et de passer, une fois de plus, à l'acte de tuer, après un an d'inassouvissement.
Il s'était mêlé à la foule du carnaval, déguisé en loup, les mains gantées de cuir. Il déambulait, parmi la foule, à guetter une proie à la hauteur de ses fantasmes.

Il avait pris son temps. Il s'était dit qu'il aurait toute la nuit pour choisir, pour faire monter son excitation. Il en avait croisé du beau gibier dans cette sarabande costumée ! Beaucoup de biches appétissantes, ornées de paillettes, et qui criaient au loup ! De pulpeuses italiennes, des siliconées américaines, de belles et audacieuses allemandes qui lui faisaient du gringue ! Il en aurait bien perforé quelques unes de son croc avide, mais c'était plus fort que lui, ce qu'il appréciait lui, c'était la Niçoise ! L'exubérante niçoise, au caractère trempé, bien trempé, dans la mer méditerranéenne. Celle qui n'avait pas peur du loup, celle à l'accent regorgé de soleil. Il savait la débusquer la croupe niçoise ! Il en avait repéré une ! Une quarantaine d'années, belle à couper le souffle du loup sanguinaire.

Elle avait une longue chevelure brune bouclée sur des épaules savamment dénudées. Son costume d'Esméralda aurait réveillé le sexe bien mort de Victor Hugo. Il la lui fallait tout de suite. Il voulait la dévorer... jusqu'au sang. Le fait qu'elle fût accompagnée n'était point un obstacle pour le loup, peu s'en faut ! Son homme de mari était déguisé en pirate des Caraïbes, une sorte de Johnny Depp Niçois, pas trop mal de sa personne mais qui, en définitive, finirait probablement en pâtée pour loup !

Paré de son masque, et d'un élégant smoking, il n'eut aucun mal à les entreprendre. Rien de plus facile que d'aborder des gens dans la liesse populaire. Ils sont tous disposés dans ces occasions, à se parler, à s'embrasser, à s'aimer. C'est le carnaval, il faut donc qu'on s'amuse ! Un jet sympathique de confettis sur la gueule du mari, et hop, sa femme rigole, en fait de même, et c'est dans la poche ! C'est tellement aisé de piéger, à la sympathie, les victimes lorsqu'elles sont en pleine euphorie. Et un couple de gentils niçois qui s'ennuie dans la vie - et ça se voit de loin - c'est encore plus facile.

Le Loup dégaina un sourire carnassier et une bouteille de champagne de sa besace, il savait qu'il irait trinquer à l'abri des regards. Il savait qu'il ne tarderait pas à s'introduire, en invité de marque, chez ses victimes.

- Quelle bonne idée ! Vous êtes très aimable, mon

ami, nous acceptons ! Mais à la condition qu'on aille la boire dans un endroit tranquille ! Qu'en penses-tu, ma chère Annabelle ?

Avec une lorgnade gourmande, sa chère Annabelle souscrivit à la demande à peine voilée de son mari. Oui, elle voulait bien se faire tringler par le Loup, à la maison !

Le pétulant pirate serra la main à l'homme masqué.

- Je m'appelle Anthony ! Nous sommes ravis, ma femme et moi, de faire votre connaissance !... et vous, votre prénom c'est ?...
- Moi, je suis le Loup !

Et le Loup se fendit d' un baisemain à Annabelle qui se réjouissait à l'avance de la soirée qu'elle espérait des plus intenses.
Elle était pourtant à mille lieues d'imaginer à quel point cette soirée allait l'être.
Le mari, pressé de passer aux festivités, entraîna aussitôt sa femme et le Loup vers le parking du Cours Saleya.

Impatient de montrer à son hôte sa toute nouvelle acquisition, il agita fébrilement la clé de contact de sa Mercedes dont il vanta les qualités, comme saurait le faire un vendeur de voitures.

Fort heureusement, Grégoire Massa portait toujours son masque - et il n'était pas près de l'ôter - ce qui lui permettait de cacher la grimace du dégoût qu'il éprouvait chaque fois qu'il voyait un mâle se vanter ainsi d'avoir une belle bagnole !

Ils prirent la direction de Cimiez, où une villa somptueuse semblait les attendre pour la suite des festivités. Une villa à l'architecture design, épurée, se jouant du style traditionnel des maisons voisines. Elle semblait être bâtie là pour honorer la signature de fameux architectes aux honoraires exorbitants.

Dans l'extravagant salon, la dégustation du meilleur champagne ne fut que pure formalité.

C'est dans la chambre à coucher que le trio irait partager le péché de la gourmandise. Un fastueux décor de brocart d'or et d'argent sur un fond cramoisi agrémenté de tableaux érotiques. En plein centre d'une alcôve, un baldaquin drapé de satin, dont le ciel de lit était constitué d'un immense miroir. La chambre avait une fonction on ne peut plus claire, mais le Lieutenant Grégoire Massa allait en faire une scène de crime mémorable.

Avant de déclarer ouverte la cérémonie qui allait se dérouler, l'invité de marque annonça le ton brutal qu'il avait l'intention de donner à la partie. Les joueurs acceptèrent sans rechigner, c'est pour le moins ce qu'ils espéraient du Loup !

Ce dernier s'était fait un plaisir de ligoter le faux pirate sur un gros fauteuil, avec vue plongeante sur

le lit conjugal où il avait déjà attaché, bras et jambes en croix, une Esméralda des plus consentantes.
L'espoir de plaisirs licencieux leur était tellement primordial, qu'ils ne virent aucun inconvénient à se faire bâillonner par le dominateur.
En guise de préliminaires, l'homme masqué asséna à Annabelle une gifle retentissante, puis des claques, de-ci, de-là, qui s'étaient insidieusement transformées en une volée de coups dont elle appréciait la violence croissante avec délectation. Les préliminaires ayant assez duré, il se jeta sur elle pour la pénétrer, et, n'y tenant plus, il se mit à l'artiller vigoureusement, pendant que son mari Anthony, en amateur du genre, contemplait la scène avec une excitation non dissimulée.
A présent que les victimes étaient dans la gueule du loup, et à sa merci, il était temps pour lui de passer à un stade qui lui procurerait le plaisir suprême qu'il était venu chercher.
Alors il se retira du jeu, à la grande surprise de sa partenaire qui était partie pour plus d'un tour.
Il se dirigea vers un fauteuil sur lequel il avait posé sa besace et plongea sa main dans une des deux poches.
Il en sortit un couteau à dépecer.
Un héritage de son père. Son père qui l'avait tant impressionné dans sa petite enfance, et plus particulièrement lorsqu'il l'emmenait à la chasse pour lui montrer les odieux dépeçages qu'il pratiquait fièrement sur le gibier.

Dans la chambre à coucher, à cette heure-là, son gibier à lui n'en menait pas large. Les époux commençaient à échanger des regards où l'effarement et la frayeur alternaient. Cette mise en scène du loup faisait-elle partie du jeu ?

Ils n'eurent guère le temps de s'éterniser sur la question car Massa commençait doucement à charcuter sa victime. Il prenait son temps. Il voulait profiter des effets de la torture qu'il lui infligeait et mesurer dans son regard, à chaque entaille qu'il pratiquait sur sa peau, l'épouvante qu'il avait la toute-puissance de générer.
Le mari, qui avait enfin pris toute la mesure de ces horreurs que le Loup pratiquait sur sa femme, ne pouvait s'insurger qu'à coups de grotesques borborygmes et de confuses agitations tout en essayant frénétiquement de défaire ses liens.
Le Loup n'avait que faire de ce petit gibier dont il avait presque oublié la présence ; il décida de l'ignorer complètement ; ce qu'il se préparait à mettre en œuvre ne devait souffrir aucune déconcentration.
Pour atteindre le paroxysme du plaisir, les coups de couteau qu'il avait donnés ici et là ne suffisaient pas. Il lui fallait encore aller plus loin.

Par un geste fatal, et sans appel, il mit alors toutes ses forces dans un élan violent pour éventrer sa victime, et approfondir son mouvement du haut de son plexus jusqu'à son bas-ventre.

Le tueur était à l'apogée de sa plénitude. Et c'est dans cet état d'exaltation qu'il regardait son œuvre d'art : une plaie béante d'où se déversaient lentement les viscères de sa victime.
Il daigna tourner la tête vers le mari et se rendit compte que celui-ci avait réussi à défaire le lien d'un de ses poignets. Mais visiblement le pauvre homme avait brutalement interrompu sa tentative d'évasion : il était tétanisé, ses yeux étaient révulsés, son souffle syncopé annonçait un évanouissement imminent.
Contre toute attente, Grégoire Massa décida de ne pas le tuer. Tout comme il décida de ne pas effacer ses empreintes salivaires sur la coupe de champagne. Il se disait que même si son sperme révélait son ADN, qui diable aurait l'idée de comparer tout ça avec lui. Aucune trace de lui évidemment n'était répertoriée dans le Fichier National Automatisé des Empreintes Génétiques, pas plus que dans le Fichier Automatisé des Empreintes Digitales.

Il se savait indéniablement à l'abri du moindre soupçon et jouissait de cette certitude en misant contre du haut-risque !
Il n'attendit pas davantage pour lever le camp, il voulait profiter des dernières heures de l'obscurité pour sortir de la maison sans se faire remarquer. Un loup se faufile plus aisément dans l'ombre de la nuit...

Chapitre 2

Le jeune Mathias Michaud, fraîchement promu Lieutenant de Police, essayait désespérément de joindre celui qu'il considérait toujours comme son chef, le Lieutenant Grégoire Massa. Il avait laissé de nombreux messages sur son portable.
Une tragédie s'était produite dans une villa de Cimiez, autour de laquelle les policiers avaient installé des rubalises pour protéger la scène de crime. C'était le branle-bas de combat !
Le spectacle était plus qu'hallucinant. Une femme, pieds et poings liés sur son lit, avait été éventrée, tripes et fesses à l'air, gisant dans l'abondance de son sang.
Son mari Anthony Cassin qui avait téléphoné à Police-secours à l'aube avait été transporté aux Urgences à l'Hôpital Pasteur. L'équipe médicale avait été radicale : il n'était pas question que des policiers l'interrogent pour l'heure ; il était fortement commotionné et son état psychique ne le permettait pas.
Sur les lieux du crime, le Procureur et le Commissaire de la P.J. de Nice étaient sur des charbons ardents. L'un comme l'autre avaient immédiatement exigé la présence du Lieutenant Grégoire Massa.
En attendant, le jeune Mathias prenait consciencieusement les choses en main.

Après l'affaire des têtes coupées, pour laquelle il n'avait pas manqué de diligence, il avait appris à prendre du recul et à maîtriser ses émotions de débutant.
Bien qu'il lui eût confié personnellement l'enquête, le Procureur requérait encore avec insistance la participation active du Lieutenant Massa.
- Pas de nouvelles de Massa ?
- Rien pour l'instant, Monsieur le Procureur !
- Débrouillez-vous, jeune homme, pour le faire venir le plus vite possible, cette affaire dépasse tout entendement et nécessite une équipe de choc. Et sans le Lieutenant Massa, il n'y a pas d'équipe de choc !
Piqué dans son orgueil, Mathias se renfrogna et se saisit à nouveau de son téléphone, mais il n'eut pas le temps de composer le numéro de Grégoire Massa que celui-ci était en train de l'appeler, et lorsque Mathias vit son numéro s'afficher, il décrocha, fiévreux.
- Lieutenant Massa, je suis avec Monsieur le Procureur, nous avons ici un cadavre atrocement mutilé. Madame Cassin. Annabelle Cassin. Dans sa villa à Cimiez. Le mari est à l'hôpital... il est complètement sous le choc. Oui, c'est le seul témoin, mais pour l'instant on ne peut pas l'interroger. OK, Chef on vous attend, je vous envoie l'adresse.
Après avoir raccroché, Mathias envoya à son interlocuteur un texto indiquant l'adresse de la villa et le meilleur itinéraire, puis il s'empressa d'annoncer à la cantonade que le Lieutenant Massa venait de quitter son domicile à Vence pour les rejoindre.

Le Procureur parut enfin se détendre et se dirigea vers le Commissaire sans faire de commentaires à Mathias qui, quelque peu dépité, retourna auprès du cadavre.
Certes, il était plutôt rassuré que le Lieutenant Grégoire Massa fût bientôt là, mais il avait du mal à digérer l'attitude du Procureur qui, visiblement, ne lui vouait pas une confiance totale.
Les policiers avaient déjà fait leurs premières constatations. Les techniciens en identification criminelle, gantés et en combinaison - pour éviter tout élément contaminant qui n'aurait rien à voir avec le crime - procédaient à leurs premiers prélèvements et à leurs premières récoltes d'indices. Ils avaient auparavant pris de nombreuses photos de la victime et de tout ce qui l'entourait afin d'immortaliser l'organisation générale de la scène de crime. Bref, la routine pour ces hommes de terrain.
Le médecin légiste se chargeait quant à lui des premières constatations sur le cadavre tout en échangeant des impressions avec Mathias.

- On dirait que l'assassin s'est acharné sur sa victime avec une violence inouïe ! Toutes les parties du corps suppliciées, regardez-moi ça ! Toutes les entailles que vous voyez là ne sont pas très profondes, mais il y en a un grand nombre ! Et une telle éventration, c'est du jamais vu ! Les viscères n'ont pas eu trop de mal à se libérer. Le gars qui a fait ça est un grand malade, un sadique qui a pris du plaisir à faire dans le grandiose ! Je peux déjà vous dire que l'arme utilisée est probablement un couteau à dépecer !

- Un couteau à dépecer ? Du genre de ceux qu'utilisent les chasseurs ?

Une odeur nauséabonde se dégageait des viscères du cadavre de celle qui, le temps d'un soir de carnaval, fut la belle Esméralda.
Mathias s'approcha de ce magma pour mieux observer les plaies.

- C'est vrai que l'écorchure est assez singulière, à la fois nette, et pourtant grossière lorsqu'elle entame la profondeur de la peau.

- Oui, c'est du couteau à dépecer ça ! Et je pourrais même aller jusqu'à dire que c'est du couteau à dépecer du sanglier ! D'ailleurs, je peux vous montrer quelques-unes de ses entrailles qui ont été lacérées par à coups, si le cœur vous en dit ...

A la vue de cette masse de matières visqueuses dans laquelle les mains gantées du légiste étaient en train de fourrager, Mathias songea que son cœur ne lui en disait pas trop à cet instant, mais il écouta attentivement tous les détails que le spécialiste se régalait à lui donner. Ce dernier y apportait autant de précisions qu'il affichait d'indifférence et de recul. Un manque d'état d'âme qui lui permettait probablement d'analyser la victime avec toute la célérité qui était requise dans son métier.
Au bout d'une heure, Mathias sortit de la villa pour prendre une petite bouffée d'air sur la première marche palière.

C'était sa façon de s'extraire, pendant un instant, de cette ambiance macabre, tout en guettant l'arrivée de son chef qu'il attendait comme le Messie !

Il balançait d'un pied sur l'autre, piétinant d'impatience, lorsqu'il aperçut le Lieutenant Grégoire Massa qui, d'apparence tranquille, était en train de fumer une cigarette dans sa voiture garée à quelques mètres de l'allée principale.

Le jeune officier de police qui était déjà surpris que le lieutenant fût injoignable, car ce n'était pas dans ses habitudes, le fut encore plus en le voyant aussi décontracté.
Il trouvait son attitude incroyable, mais comme il savait qu'il n'aurait pas l'audace de le faire remarquer à son chef qui l'impressionnait toujours autant, il se défoula un peu sur un des agents qui étaient sur place.
- Eh, Agent Giapan, pourquoi ne m'avez-vous pas prévenu de l'arrivée du Lieutenant Massa ? Vous savez bien que le Procureur est sur les dents !

- Ah écoutez, mon petit Michaud, pas que ça à faire, moi hein ! Je vais pas me mettre à annoncer tout le monde ! Je suis allé le voir, le Massa, et il m'a jeté comme un gougnafier, sous prétexte que Monsieur avait décidé de fumer tranquille avant d'intervenir, débrouillez-vous avé lui ! Moi, il y a belle lurette que le Massa, je ne le supporte plus ! Et puis, vé ! Vé ! Il est en train de s'en jeter un derrière la cravate !
Mathias, qui ne comprenait pas ce que lui disait

l'agent, dirigea son regard vers Massa. Ce dernier était en train de boire au goulot d'une petite bouteille de whisky. C'était à peine croyable, il n'avait jamais vu son chef faire une chose pareille, et encore moins pendant le service ! Il se calma autant qu'il était possible de le faire, et rejoignit Massa.
- Lieutenant Massa, mais qu'êtes-vous donc en train de faire ? Le Procureur est en train de se ronger d'impatience !

Sans répondre, Massa sortit de la voiture et claqua violemment la portière, pour montrer à son subalterne qu'il n'avait aucun compte à lui rendre, et prit, à grands pas, la direction de la villa. Mathias n'eut pas le courage de le suivre, il devait se remettre de son émotion, celle qu'il éprouvait à chaque fois que son chef lui faisait des remontrances avec autant de froideur. Mais là, encore, bien qu'il se fût senti légitime dans son comportement à l'égard de son supérieur, il était plus que jamais impressionné par sa personnalité écrasante.

Un flic qui buvait pendant le service, c'était pour lui de l'inédit, mais son chef qui se torchait au goulot c'était aussi incroyable qu'inacceptable !
Il savait qu'il devait rejoindre Grégoire Massa et le Procureur, à l'intérieur de la maison, mais il était pétrifié et surtout il appréhendait leur affrontement qui promettait d'être plutôt violent. Empreint de lâcheté, posté sous le porche de la villa, il préféra attendre que l'orage passe.

En fait d'orage, ce fut un maelström qui lui revint en écho. Il lui semblait que les murs tremblaient autour de ce combat de chefs annoncé. Il en resta paralysé et toute l'équipe autour de la maison était abasourdie par la violence verbale qui se jouait sur la scène de crime.
L'agent Giapan, histoire de se donner une contenance, se mit à tenter une de ces répliques qui ne sont pas de circonstance, de celles qui font rire les plus blasés dans ce métier. Du genre : « Porca petan, ça crie tellement là-dedans que ça va te me réveiller la morte !!! ». Il n'eut pas le temps d'entamer le rire qui se préparait sur son visage, car le Lieutenant Massa sortit en trombe.

Toute l'équipe le regardait, mais il se dirigea vers Mathias, le visage déformé par la colère, et, contre toute attente, il lui tendit son arme et son insigne.

- Remets ça à qui de droit, tu connais la procédure, moi je quitte définitivement la grande maison. Salut, petit ! A toi de jouer, à présent, tu feras sans moi ! Et si tu décroches un peu la tête de tes nuages, tu en seras bien capable.

Mathias resta bouche bée ! Toutes les questions qu'il voulait lui poser restaient coincées au fond de sa gorge. Mais Grégoire Massa ne lui laissa pas le temps de les décoincer car il était déjà monté dans sa voiture et démarrait sur les chapeaux de roues.
Le Procureur, qui frisait l'apoplexie, rejoignit le jeune officier en tremblant.

- Massa est fou, il nous quitte comme ça, après trente ans de service, et sans explications, il est devenu fou !!!

Pas si fou que cela, le Lieutenant Grégoire Massa, en simulant cette extrême crise de nerfs et ce dédain vis à vis de son travail, avait orchestré savamment sa sortie. Il avait décidé de quitter la Police, mais surtout, il n'était pas question pour lui de prendre en charge l'enquête de cette affaire, dont il était l'assassin. Le témoin avait entendu sa voix. Cette voix caractéristique, grave et impressionnante qu'il n'aurait aucun mal à reconnaître.

Depuis son crime de la veille, il avait un peu repris ses esprits et il avait tout planifié. Dans un premier temps, pour plus de sûreté, et pour le plaisir, il tuerait le mari. Il allait faire la planque devant l'Hôpital Pasteur jusqu'à ce que celui-ci en sorte. Il fallait qu'il le suive pour savoir où il allait se reloger, puisque la villa de Cimiez resterait sous scellés.
Plus tard, il profiterait de la liesse du carnaval et de son costume de loup pour se faire encore de belles victimes niçoises. L'aventure avait été trop satisfaisante. Il n'avait pas l'intention d'en rester là.

Quelques gourmandises locales à se mettre sous les crocs, puis il quitterait le pays et se mettrait en chasse ailleurs, pour étancher sa soif de sang, en toute liberté. Il avait plusieurs destinations en tête, pas question, en tous cas, de lâcher le soleil !

Sa foi de flic l'avait totalement abandonné, celle qui l'avait passionné toute sa vie durant. Il avait mis à bas depuis longtemps sa conscience professionnelle. Il avait juste envie de combler ses instincts meurtriers, ceux qu'il pressentait depuis toujours sans pour autant les admettre, jusqu'à l'affaire de ces décapitations qu'il avait orchestrée par orgueil et de la jouissance qu'il en avait éprouvée.
L'éventration de cette femme avait été le prélude qui lui avait permis de s'offrir le septième ciel, tout en lui ouvrant les exquises portes de l'enfer. Il n'avait plus qu'une chose en tête, et dans toutes les forces de son corps : réitérer encore, et encore.

Rajaa

Rajaa se réveilla en sueur. Il était midi et le Maître n'était pas venu la chercher. Pourquoi le Maître n'était-il pas venu la chercher ? Tous les matins à 6 heures, depuis des années, il ouvrait la porte de la cave dans laquelle elle dormait, il la secouait pour la réveiller, et elle se levait épuisée par le manque de sommeil.

Et sa journée de 24 heures commençait. Elle entamait un ménage minutieux de la maison dans laquelle elle était exploitée depuis cinq ans. A ranger, à nettoyer, à frotter, à laver, à repasser, à cuisiner, et à recommencer tous les jours.

Rajaa était d'origine marocaine. Elle avait 24 ans. Elle était une esclave.
Jusqu'à l'âge de ses 12 ans, elle vivait avec son père veuf et ses nombreux frères et sœurs près de Beni Mellal, dans un petit village du Moyen-Atlas.

Un jour, une de ses tantes proposa à son père d'emmener la petite à Paris où elle pourrait aller à l'école. En larmes, elle fit ses adieux à sa famille et quitta le bled pour partir en France.
En fait d'école, Rajaa était "prêtée", en semaine, par cette tante, à plusieurs familles, contre monnaie d'échange, pour faire du ménage et garder des enfants. Le week-end, de retour chez sa famille, elle faisait encore le ménage, la lessive, et s'occupait de

ses cousins et cousines. Elle fut ainsi asservie pendant dix ans chez sa "patronne" qui empochait l'argent versé par ses employeurs successifs.
Cela faisait deux ans, qu'elle avait été envoyée à Nice où un homme l'avait achetée de façon permanente.
Deux ans qu'elle était une captive domestique, humiliée, battue et souvent violée par le Maître.
Réduite au statut d'objet, elle vivait, chaque jour, dans le désespoir et la servitude. Elle était sans voix, sans défense, corvéable à merci, affamée, maltraitée et terrorisée. Une vulnérable clandestine, à qui l'idée même de se sauver ou demander du secours n'était jamais venue à l'esprit. La peur était sa condition.
Rajaa n'avait qu'un moyen de garder un faible espoir qui lui permettait de tenir debout dans cette vie qui la faisait souffrir. Et ce moyen, elle le devait à la précision de ses souvenirs, à sa capacité à se transporter dans sa vie d'avant. A cet amour qu'elle avait conservé et pour son pays, et pour ses sœurs.
Quant à son père, elle lui en voulait tellement de l'avoir confiée à cette tante qui lui avait réservé le pire des destins, qu'elle l'avait effacé de sa mémoire.
Seule, l'image de sa mère refaisait surface dans ses souvenirs, et lui mettait du baume au cœur. Elle se souvenait, ou peut-être même inventait-elle des scènes de tendresse avec cette jeune belle femme que la maladie avait emportée bien trop tôt.
Elle s'accrochait de toutes ses forces aux paysages desquels elle avait été arrachée. Ces hautes-montagnes qui l'entouraient de tous côtés et qui ne lui faisaient pas peur, ces lacs d'eau froide dans lesquels

elle se baignait avec ses frères et sœurs et toutes ces belles cascades, appelées les Cascades des Vierges dans lesquelles ils tentaient d'attraper les truites arc-en-ciel. Le passage des gazelles, qui sautaient toutes en chœur, dans leur course effrénée, que les enfants s'amusaient à compter en poussant des youyous de joie. Les prés tapis de fleurs et de menthe fraîche aux mille petits papillons de toutes les couleurs qui tournaillaient autour d'eux jusqu'à ce que le soleil se cache derrière la montagne. Les immenses forêts de cèdres, de chênes et de genévriers, où ils faisaient des concours de cabanes, à qui la plus haut perchée, à qui la plus belle, à qui la plus confortable et dans lesquelles, ils s'invitaient à boire du thé à la menthe. Ils le préparaient toujours avec de l'eau de source qu'ils chauffaient dans le kanûn et dans laquelle ils avaient mis de gros morceaux du pain de sucre qu'ils cassaient avec des pierres.
Souvenirs imprenables de cette enfance volée.
Rajaa attendit que le Maître daigne venir la chercher. C'était la première fois qu'elle patientait afin qu'il dispose d'elle. Les heures passaient dans cette cave où elle était séquestrée, elle avait faim, elle avait soif...
Alors, elle se mit à entonner ce chant berbère que son grand-père lui avait appris.

« *Attends, attends, ma toute petite, le soleil*
va s'allumer pour toi.
Attends, attends, ma si jolie, la rivière
va s'enflammer pour toi.
Attends, attends, ma petite fille, attends encore et
les étoiles luiront pour toi. »

Chapitre 3

En début d'après midi, un homme flanqué d'une carcasse fatiguée se présenta à la caserne Auvare. Son visage semblait brûlé par le temps, ou marqué par le travail, mais surtout il arborait une détresse qui lui collait aux rides avec résignation. Eût-il-fallu lui attribuer un âge, c'eût sans doute été celui de l'éternité … ou de la mort.

Derrière son bureau de réception, l'agent Nico était tout seul à assurer la permanence du rez-de-chaussée. Il bougonnait de se sentir abandonné par la plupart de ses collègues qui étaient sur le pied de guerre pour enquêter tous azimuts sur le crime de la veille à Cimiez.

Il prit un court temps d'observation sur l'homme qui s'était planté devant lui avant de conclure qu'il s'agissait d'un gars venu de l'Est.

Il se mit à sourire en pensant que c'était assez rare d'en voir un se présenter de lui-même dans une caserne de police. Ses pensées n'étaient jamais plus brillantes que ses propos. Nico se leva et sortit de derrière son bureau pour aller à sa rencontre, avec ce qu'il appelait lui-même une belle allure de circonstance.

Ses collègues, qui le connaissaient mieux encore que lui-même, appelaient ça son allure de petit cowboy, qui bombait le torse en chevauchant son micro-pouvoir pour mieux impressionner tous ceux qu'il était en mesure d'impressionner. C'est-à-dire les

impressionnables : les victimes en général. Et en particulier les très vieux, les ados, les femmes battues. C'était pour lui une aubaine de faire croire à cette engeance, même pendant quelques minutes, qu'il était le chef et qu'il allait sauver, à lui tout seul, la situation.
- Alors, mon vieux, qu'est-ce que tu fais là ? T'as tes papiers ?
Son ton goguenard venait de parfaire son personnage ridicule de shérif.
Lorsque le vieux lui tendit ses papiers, l'agent Nico retourna à son bureau et se mit à les consulter en lui lançant un « C'est quoi, que tu veux ? » méprisant, sans même le regarder.

Alors qu'il s'efforçait de lui expliquer son problème, tantôt dans un français approximatif, tantôt dans sa langue d'origine, Nico, partisan du moindre effort, ne parvenait pas à consigner une seule ligne de l'histoire du vieil homme.
Dépassé par ce qu'il estimait être un imbroglio, il lui expliqua que les officiers de Police n'étaient pas tous là pour le moment, car il y avait une affaire urgente à traiter. Il lui indiqua la salle d'attente qui était pleine à craquer et lui expliqua qu'il devrait patienter jusqu'au retour du Lieutenant Michaud.

Ne sachant pas trop quoi faire de son temps, le vieux s'installa sur une chaise, tout disposé à attendre que quelqu'un veuille bien l'écouter. Il s'endormit aussitôt car il avait voyagé toute la nuit. Il avait quitté sa România à l'aube et avait parcouru presque deux mille kilomètres, à l'arrière d'un camion. Le trajet n'avait pas été sans heurts, car le chauffeur s'était disputé violemment avec un passager qui était éméché. Du coup, il avait contraint tout le monde à descendre en Slovénie. Le vieux, avec son bagage de fortune, avait marché pendant des kilomètres et fini par rejoindre un autre convoi qui allait à la frontière franco-italienne.

En fin d'après midi, le silence de la caserne fut révolutionné par le retour de tous les policiers. Le vieux, brusquement réveillé commença à se sentir nerveux. Sans trop savoir pourquoi, cet honnête homme n'appréciait pas de se retrouver au milieu de toute cette brigade de flics. C'était pourtant auprès d'eux, pensait-il, qu'il finirait par trouver de l'aide et du réconfort.

Il se leva et décida néanmoins d'aller se manifester auprès de Nico, craignant qu'il n'oublie de signaler sa présence. Celui-ci discutait avec un jeune policier, qui lui paraissait beaucoup plus sympathique. Il se dirigea aussitôt vers lui. Le Lieutenant Mathias Michaud, capté immédiatement par ce regard désemparé, lui porta aussitôt de l'intérêt.

- Nico, avez-vous noté un rapport pour ce Monsieur ?

- Ben non, je comprends pas ce qu'il veut, le Polonais... Il vient déclarer une disparition, je crois... de son fils ou de son frère, j'ai rien compris. Voulez-vous que j'approfondisse, Lieutenant ?

- Oui, c'est ça Nico ! Approfondissez ! Allez donc nous chercher deux petits cafés !

- Non, merci, Lieutenant, moi j'en ai déjà pris cinq depuis ce matin et....
- Nico. Les deux cafés, que j'attends impatiemment d'ailleurs, sont pour ce Monsieur et moi ! Vous seriez très aimable de me les apporter dans mon bureau. Ah, une dernière chose, jeune homme : le Polonais, il est roumain !
Mathias invita le visiteur dans son bureau et le fit asseoir. Il ne sut comment et pourquoi, mais ce vieil homme lui faisait bonne impression. Il consulta ses papiers d'identité et l'écouta avec attention. Il ne comprenait pas la langue de son interlocuteur, mais celui-ci, qui avait quelques notions de français, avait pu exposer tant bien que mal l'affaire qui le concernait.
Cet homme très inquiet s'appelait Lucian Berbec. Il était venu à Nice pour chercher le fiancé de sa fille qui avait quitté la Roumanie un an auparavant pour travailler dans la région. Ce jeune homme avait donné régulièrement de ses nouvelles à sa famille, content d'avoir été embauché pour la construction d'une piscine. Puis, au bout de deux mois, il n'avait plus donné aucun signe de vie.
Ce jeune homme du nom d'Alexandru Serchak devait rentrer dans son pays une fois le chantier terminé, pour se marier et fêter la naissance de son fils qui venait de naître.
La police locale roumaine avait été avisée, mais l'enquête n'avait pas abouti.
Depuis la disparition de son futur gendre, Lucian Berbec s'était mis à constituer un dossier qu'il étala sur le bureau. Il en sortit les lettres qu' Alexandru

Serchak avait envoyées à Nina, sa fiancée.
Il y en avait un bon paquet car le jeune homme lui avait écrit régulièrement. Il lui racontait ses journées, ses pensées. Il y joignait des dessins sur Nice et ses environs, qu'il faisait lui-même à l'encre de chine. La Promenade des Anglais, sous tous ses angles, et quelques jolis coins de l'arrière-pays. Un bon coup de crayon. Mais aussi, des esquisses de la belle maison, et de la grande cabane dans laquelle il logeait avec quelques-uns de ses potes ouvriers. Il s'était même amusé à reproduire le trou de la piscine en chantier dans lequel ses copains faisaient mine de nager.
Il avait eu, une fois seulement, la possibilité de joindre Nina. Pour entendre sa voix et pouvoir lui parler, il lui avait donné rendez-vous un soir chez le Père Marcu, de la ferme voisine, qui lui, avait le téléphone.
Malheureusement, Lucian et sa fille n'avaient jamais eu l'adresse de cette maison en France. Lorsqu'il allait travailler sur des chantiers, Alexandru envoyait des nouvelles, mais il n'en communiquait pas l'adresse d'expédition. Ces chantiers qu'il faisait au black ne duraient jamais bien longtemps.
« - *Nu ! Nu esista o adressa !* »
Le Lieutenant Mathias Michaud prit le dossier et compulsa toutes les pièces qui s'y trouvaient... Il porta de l'intérêt à quelques-unes des lettres les plus récentes qu'Alexandru avait écrites à Nina. Il se saisit des dessins qui y étaient joints, tout en pensant que, bien que le style de l'artiste amateur fût très

réaliste, ces œuvres étaient loin de suffire pour repérer la localisation d'une maison, surtout sans savoir dans quel patelin de la Côte d'Azur elle se trouvait. Des chantiers de piscine avec des ouvriers payés au black, il y en avait un paquet dans la région...
- Il a sans doute enchaîné le travail sur d' autres chantiers, en Italie, en Serbie...
Mathias, bien que peu enclin à décourager les braves gens en détresse, lança tout de même l'hypothèse, qui, selon lui, était la plus judicieuse.
- Ou bien... il ne veut plus rentrer au pays et se marier avec votre fille, vous y avez pensé ?

Dans sa langue natale, le discours de Lucian Berbec, voulait à peu près dire :
Oui, j'aurais pu y penser, mais Alexandru n'aurait pas abandonné ma fille. Il l'aime, vous savez Monsieur, nous avons essayé de parler avec les familles de ses copains qui travaillaient avec lui. Eux aussi sont restés sans nouvelles. C'est comme s' ils avaient tous disparu en même temps. La Police roumaine avait ouvert une enquête, mais il n'y a avait pas eu d'aboutissement... C'est pour ça que je me suis décidé à venir en France ; pour le retrouver ou comprendre ce qu'il s'est passé.
Alexandru est très attaché à son père et à sa mère qui vivent dans une misère totale, il les a toujours aidés. Et à présent qu'il a disparu, ils n'ont plus aucune source de revenus. Nous sommes certains qu'il lui est arrivé un grave problème car il ne les aurait jamais abandonnés ainsi.

- Avant tout, nous allons vérifier si votre gendre, Alexandru Serchak n'est pas entre les murs d'une de nos prisons.
Mathias passa quelques coups de fil, histoire de voir si le disparu n'était pas sous les barreaux en France. Il se sentait de plus en plus épuisé, cette journée n'avait pas de fin. En plus du « loup » il lui fallait aussi pousser une enquête dans l'intérêt des familles pour retrouver un Roumain. Il fallait encore diviser les équipes, mais avec aussi peu de policiers, l'organisation n'allait pas être simple. La crise avait touché les effectifs mais pas le nombre d'enquêtes. Malheureusement, l'effet inversement proportionnel s'accroissait de jour en jour.
Il conclut la déposition de Lucian Berbec avec les mentions obligatoires, et l'imprima en deux exemplaires. Il en donna un au Roumain pour relecture et signature. Mais celui-ci ne sachant pas lire le français, y apposa directement sa signature. Pendant que Mathias donnait les derniers coups de tampon réglementaires, le téléphone sonna. Il décrocha en espérant entendre la réponse qui lui permettrait de clôturer cette affaire. Mais non, ce n'était vraiment pas son jour de chance, Alexandru ne se trouvait pas sous les verrous dans la région et une recherche dans le fichier national informatique n'avait signalé aucune incarcération en France. Du reste, cet homme n'était tout simplement pas fiché à la police.
Il transmit la nouvelle à Lucian qui fut plus triste que rassuré, préférant sans doute entendre que son futur gendre était sous les verrous, plutôt que six pieds sous une terre étrangère.

Il aurait eu alors la réponse à cette absence de nouvelles et surtout une explication à donner à sa famille. Son angoisse allait continuer à le ronger, mais il était un peu rassuré d'avoir pris l'initiative de s'en remettre totalement aux mains de la Police Française.
Plein de reconnaissance, il serra la main de Mathias, et sortit du bureau d'un pas lourd et fatigué.

Mathias classa le dossier du Roumain avec ceux en attente de résolution et décida de rentrer chez lui se coucher. Il était complètement éreinté, il avait un visage à faire peur. Il ne se sentait plus utile à rien. Il lui était impossible de se concentrer ou de réfléchir.
Pour une fois il décida de tout laisser en l'état sur son bureau. Sa nuit allait être courte, il devrait être de nouveau à son poste aux aurores, donc pas la peine de tout ranger et d'éteindre son PC, la mise en veille prolongée ferait très bien l'affaire.
Il prit son blouson, ferma la porte de son bureau à clé et rentra directement chez lui. Sur le chemin du retour il s'arrêterait chez le chinois pour récupérer son dîner qu'il avait commandé en partant.
Il irait se coucher juste après dîner . Ce soir, pas de *Game of Thrones*, avant de s'endormir ! C'était la seule série télévisée qu'il aimait regarder, et qu'il ne loupait jamais. Une saga médiévale fantastique qui le transportait dans un univers si loin de la réalité et de ce qu'il vivait au quotidien, qu'elle lui permettait de se déconnecter de ses journées harassantes.

Il ne toucha même pas à ses plats chinois. Il s'endormit comme une masse sur le canapé.
Le réveil percuta son sommeil à 6 heures, et le fit bondir comme un soldat. A la douche, et au trot !
Il s'arrêterait comme d'habitude prendre son café avec son pain au chocolat au Bar de la Caserne, chez ses amis, avant de commencer sa journée. Sur place, il aimait bien l'ambiance, il suivait les informations en boucle sur une des chaînes télé d'informations agrémentées des commentaires des habitués.
Dès l'aube, on y retrouvait toutes les professions lève-tôt, les policiers, les employés du bâtiment et des marchés du quartier. Chaque jour, les actualités avaient droit à un débat en direct. C'était sa revue de presse matinale. Ce matin là, on ne parlait pas de l'histoire du « loup », il avait réussi à faire patienter la presse pendant quelques jours en échange d'infos sur l'évolution de l'enquête. Aujourd'hui grâce à internet, il fallait bien préparer sa communication vis-à-vis de la presse car celle-ci, avec l'aide de tous les réseaux sociaux, se retrouvait connue de toute la population ou presque en quelques clics. Il existait encore un petit nombre de personnes s'excluant volontairement de la toile. Donc pas le droit à l'erreur.

Chapitre 4

Camille s'ennuie pendant que les autres s'amusent au Carnaval.
Surtout qu' il ne peut plus aller embêter le chat de la voisine. Ce chat, il l'a tué avec le vieux couteau de chasse de papa Il lui a ouvert le ventre pour voir ce qu'il y avait dedans. C'était facile ! C'était pas son premier chat, mais les autres, il leur avait pas ouvert le ventre. Le premier, le chaton de sa tata, il l'avait noyé. Puis, le deuxième, un chat qui passait dans son impasse, il l'avait aspergé d'essence et lui avait jeté une allumette.
Il aime bien tuer les animaux, Camille. Il aime bien prendre son temps, quand il leur prend la vie. Il les aime, alors il les tue. Personne ne peut comprendre. Il les caresse toujours quand il les tue.
C'est pas comme le jour où il a tué Papa ! Papa, il ne l'aimait pas. Avant il l'aimait bien, oui avant, quand il était tout petit ; quand Papa lui lisait des tas de livres intelligents, quand il l'emmenait au Zoo de Fréjus, quand il lui apprenait les étoiles, et le nom de tous les arbres. Lorsqu'il l'emmenait pêcher au lac de Saint-Cassien. Parfois à la chasse aussi. Puis, vers l'âge de 10 ans, il s'est mis à ne plus aimer Papa. Parce que Papa l'a forcé à faire de vilaines choses avec lui pendant que Maman dormait. Mais il se laissait faire parce que Papa était devenu méchant, et il se mettait à crier fort. Il avait changé, Papa, depuis qu'il lui faisait ces choses-là ! Peut-être que Papa était en colère contre lui-même !

Et il a continué à crier et à faire du mal à Camille pendant des années. Et puis un jour, il s'est arrêté parce que Camille a poussé Papa dans le grand escalier du jardin. Il s'en souvient bien, Camille, parce qu'il était grand à ce moment-là, c'était le jour de ses 15 ans.

La voisine, elle est allée dénoncer Camille, que soi-disant elle l'avait vu faire, mais Maman a inventé plein d'histoires pas possibles contre cette sale bonne femme aux gendarmes, elle a juré que c'était juste un accident. Et eux, ils ont tout gobé.

Et puis après, elle a emmené son fils chez un psychiatre qui le faisait parler. Camille sentait bien que ce Monsieur le prenait pour un idiot.

Mais il sait, Camille, qu'il n'a jamais été idiot.

D'ailleurs, il a un secret que personne ne soupçonne.

Il y a, en effet, le petit Camille et sa régression, bel et bien réelle, qui plaît tant à sa mère.

Mais il y a l'autre Camille. L'autre versant.

Le Camille caméléon. L'être mâture. Intelligent. Qui peut s'identifier à n'importe qui. Même au plus brillant des êtres. L'adulte qui cache son jeu et ses fantasmes de tuer.

Celui qui sait parfaitement qu'il est atteint d'un trouble dissociatif de l'identité et qu'il est doté de deux personnalités différentes.

Personne ne peut imaginer à quel point il se réjouit de pouvoir alterner ses deux entités qui sont si divergentes.

Mais personne ne peut imaginer non plus à quel point sa psychose l'empêche de faire un choix définitif entre ses deux âmes. Son âme d'enfant et celle qui a continué à grandir en cachette de Maman. Celle-ci est, en effet, loin de se douter que son fils a une personnalité double. Elle ne sait pas et n'accepterait pas le fait qu'il puisse se construire comme un adulte normal. Elle ne sait pas que Camille est schizophrène.

Gisèle l'avait aimé dès le premier jour.

Elle n'avait pas hésité à l'adopter.

A la Clinique Saint-Georges, venaient de naître des jumeaux.

L'un comblait de joie ses parents. Ils le trouvaient parfait.

L'autre avait plongé son père dans la stupeur car il estimait qu'il était hideux et qu'il avait un faciès difforme.

Le père en découvrant son fils dans cet état avait appelé le chef de service de la clinique et lui avait demandé des justifications. Pendant que le médecin lui expliquait délicatement que la malformation du bébé était une fente labio-palatine, le père se mit à hurler, à en faire trembler tous les murs de la clinique, que c'était « un bec de lièvre », « une gueule de loup » ! En baissant la tête, le médecin avait acquiescé tout en faisant remarquer que ces termes étaient péjoratifs. Mais il avait tenté de le rassurer en lui affirmant qu'une intervention chirurgicale allait remédier facilement à cette petite malformation.

Il n'insista pas longtemps pour le convaincre, car il vit qu'aucun de ses propos ne pouvait réconforter ce père qu'il jugeait indigne. Et comme il avait mieux

à faire, il tourna les talons et le laissa seul avec sa crise de nerfs.
« - Pas de bec de lièvre dans ma famille ! Pas de gueule de loup, chez nous ! »
Il décida de s'en débarrasser car celui qu'il considérait comme un monstre ne devait pas figurer dans son rang familial. Il décida de le faire adopter, ne voulant plus en entendre parler.

Ce fut Gisèle, une de leurs domestiques, qui en hérita en toute illégalité. Avec une grosse somme d'argent en échange de son silence. Le milieu bourgeois, auquel ces gens appartenaient, n'aimait pas ce genre d'histoire de bébé avec un bec de lièvre qu'on abandonne à une domestique, un aléa qu'il était de bon ton d'étouffer discrètement.

Elle avait pris ce bébé sous le bras et l'argent qui allait avec, pour entamer une vie plus confortable. Un an après, elle épousa René un type qu'elle connaissait peu mais qui ferait bien l'affaire pour l'aider à éduquer le petit.
Au début, il s'était comporté comme un beau-père normal et attentionné. Il avait même suggéré à Gisèle de consulter un chirurgien pour le bec de lièvre de Camille. Au début, Gisèle avait refusé, puis elle avait fini par accepter et ne l'avait jamais regretté, tant les résultats de l'intervention avaient tenu du miracle.
On lui avait rendu un enfant tout neuf, beau à perdre la tête. Du reste, le beau-père la perdit puisqu'il se mit à abuser de ce bel enfant pendant cinq ans,

sans que sa mère ne s'en doute une seule seconde. Elle apprit la vérité sur ces abjections par Camille lui-même qui venait de faire d'elle une veuve. Durant toutes les années qui suivirent, la fusion n'avait fait que s'accroître entre la mère et ce fils qui ne sut jamais qu'il était un enfant adopté.

Chapitre 5

Trois jours après le crime de Cimiez, le Lieutenant Massa quitta sa villa de Vence pour se rendre au Commissariat afin de régulariser son départ de la police.
Il avait quelques papiers à signer. Formalité qu'il ne voulait pas traiter avec le nouveau Commissaire, un rond de cuir qu'on avait nommé à la place de Bertin depuis que celui-ci avait pris sa retraite anticipée pour aller s'installer dans la Vésubie. Ce brave Bertin qu'il estimait beaucoup mais qu'il avait malgré tout roulé dans la farine, tout comme le Procureur dans l'affaire des têtes coupées.

Il se dirigea directement vers le bureau de Mathias et se mit à bougonner lorsqu'il vit que le bureau était fermé à clef et que Mathias n'était toujours pas arrivé. Il devrait attendre encore pour avoir ces fameux papiers à signer. Il alla se prendre un expresso à la cafétéria en attendant. Celle-ci se trouvait au sous-sol, elle était tellement sombre et déprimante que l'humeur de Massa se noircit encore un peu plus. Décidément, il ne supportait plus cet environnement et se réjouissait de ne plus appartenir à la Maison.
Une demi-heure plus tard Mathias arriva, et lorsque l'agent Nico l'avisa de la présence du chef, il descendit lui même à la cafétéria pour aller le chercher. Sans lui faire le moindre commentaire, il le fit entrer dans son bureau ; il avait beaucoup de mal à

cacher son émotion de revoir son supérieur.
Il cherchait dans sa tête comment lancer la conversation, mais le Lieutenant Grégoire Massa ne lui en laissa pas le temps.
- Te fais pas d'illusion, petit, je viens juste signer ma démission. J'espère que t'as rendu à qui de droit ma panoplie de flic !
- Lieutenant, vous n'allez pas quitter la police, je n'arrive pas à croire que...
- les papiers, je suis très pressé !
- Mais enfin, vous devez faire le point avec le Commissaire, je ne suis pas habilité à enregistrer votre démission...
- Ecoute, Mathias, je veux juste signer ce qu'il faut, là où il faut ! Va chercher les papiers et surtout ne me ramène pas ton boss, sinon je lui fous mon poing dans la gueule et tu ne seras pas plus avancé après ça !
Comme d'habitude, Mathias fila doux à l'injonction du Lieutenant Grégoire Massa. Mais, à cet instant, il le haïssait autant qu'il l'admirait. Il le fit patienter dans son bureau et alla chercher les papiers, résigné à le « libérer » avant qu'il ne crée un nouveau tumulte. Après tout, c'était à l'administration de régler le problème et à régulariser les choses plus tard. Le plus important pour lui c'était de ne pas provoquer un affrontement pour lequel il ne se sentait pas apte ces temps-ci.
En attendant que Mathias lui apporte les papiers, le Lieutenant Grégoire Massa s'était vautré sur le fauteuil du jeune flic. Il eut le loisir d'observer avec amusement l'ordre névrotique qui régnait dans cette

pièce. Le bureau de son subalterne brillait de netteté pathologique. Seule, une bannette emplie de dossiers en cours montrait que le jeune flic menait quelques enquêtes, en dehors de ses heures de ménage.

Il ne put s'empêcher de saisir le premier dossier de la pile et de l'ouvrir. Il s'agissait de la disparition d'un jeune Roumain. Il y jeta un coup d'œil.

Ce que cet œil vit provoqua une secousse dans l'esprit pourtant aguerri du Lieutenant Massa.

Des dessins à l'encre de chine y représentaient, de manière quasi photographique, sa maison à Vence. Il feuilleta nerveusement le dossier pour y trouver le nom du disparu et lorsqu'il vit que celui-ci s'appelait Alexandru Sherchak, il faillit perdre la tête. Il sortit plusieurs dessins, on y voyait sa maison sous tous les angles. Et une bande de gars qui s'étaient laissé croquer.

Quand Massa vit ces visages, il les reconnut tout de suite. Les dessins étaient vraiment très réalistes on reconnaissait vraiment tous les ouvriers qu'il avait embauchés pour construire sa piscine.

Il trouva bizarre que Mathias n'ait pas fait le rapprochement entre les portraits des roumains et les têtes décapitées dont on n'avait jamais retrouvé les corps. Il lui faudrait peu de temps pour réagir et faire le lien.

Ces corps sans tête que Grégoire Massa avait entombés dans la dalle de béton de sa piscine, après les avoir assassinés.

Il eut comme un étourdissement. Il fallait vraiment qu'il fiche le camp de Nice le plus vite possible !

Chapitre 6

Lorsque le jeune Lieutenant Michaud revint à son bureau, avec les papiers à faire signer au Lieutenant Massa, il fut stupéfait de voir que celui-ci s'était volatilisé. C'était bien typique de son caractère ; cet ours mal léché était bien capable de quitter la police sans se sentir contraint de remplir la moindre formalité administrative.

Il se saisit de son portable pour le joindre mais tomba comme il le pressentait sur le répondeur. Qu'avait-il à lui dire, du reste ?

Il ressortit et reprit sa voiture. Il se dirigea vers l'Hôpital Pasteur pour s'enquérir des nouvelles d'Anthony Cassin, le rescapé du meurtre de la villa à Cimiez.

Dans un premier temps, la procédure de principe tendait à faire figurer le mari de la victime dans la liste des suspects mais il avait finalement été écarté de tous soupçons. Aucun mobile, pas même une assurance-décès ne venait conforter l'hypothèse de sa culpabilité, d'autant que les empreintes génétiques relevées sur la victime ne correspondaient pas aux siennes.

L'hypothèse de son implication dans ce crime ne tenant pas la route, la police avait écarté définitivement la possibilité qu'il puisse même être complice du tueur.

Il n'y avait donc pas eu de garde à vue, mais, en tant que témoin, il avait été interrogé des heures durant dans sa chambre d'hôpital pour raconter les plus petits détails du cours de la soirée du drame. Le choc traumatique qu'il avait subi n'avait pas permis, dans un premier temps, une déposition cohérente, mais les flics s'étaient acharnés, tous les jours, pour recueillir des détails sur ce qu'il avait retenu du tueur.

La police avait fini par faire connaître l'affaire, via la presse, et interroger sur un appel à témoins, quelques-unes des personnes censées être présentes au Carnaval, ce soir là. Il leur avait été demandé si le couple des Cassin, décrits sous leur costume de pirate et d'Esméralda, avaient été vus, à quelle heure et avec quelles personnes.

Les rapports de police faisaient mention d'un homme déguisé en loup qui avait en effet abordé le couple, vers la fin de la soirée, mais personne n'avait été capable de le décrire dans le détail. Avec de si piètres éléments, la chasse au loup n'avait pas donné grand chose.

L'A.D.N. relevé sur la scène du crime ne correspondait, en fait, à aucune de celles qui étaient fichées au F.N.A.E.G. (Fichier National Automatisé des Empreintes Génétiques) et le tueur n'avait laissé aucune empreinte digitale.

Le Lieutenant Michaud avait interrogé le mari de la victime plus de fois qu'il n'en fallait, mais il ne voulait pas lâcher le seul réel témoin pouvant aider la police à avancer dans cette enquête. Celui qui avait vu le loup, qui lui avait parlé, et qui avait entendu sa voix.

Il se gara dans le parking de l'hôpital, se promettant de faire des efforts pour s'en tenir à une visite de courtoisie.
Il imaginait sans peine le désarroi dans lequel devait se trouver Anthony Cassin, qui avait assisté, impuissant, au massacre de sa femme.
Quand il arriva devant la porte ouverte de la chambre n°348 il fut surpris de voir que celui-ci se préparait à quitter les lieux.

- Bonjour, Monsieur Cassin, vous partiez ? Vous deviez nous aviser de votre départ de l'hôpital...
- J'ai prévenu vos collègues et j'ai signé des papiers, je leur ai donné l'adresse de ma destination. Je ne savais pas que je devais vous appeler personnellement !
- Non, bien sûr, Monsieur Cassin. Je voulais m'assurer que vous aviez bien déclaré votre sortie de l'hôpital.
- Cela ne vous suffit pas de m'avoir soupçonné d'être l'assassin de ma femme ? Et à présent vous êtes en train de penser que je m'enfuis comme un voleur. Vous m'avez interrogé quatre fois depuis mon réveil, et je ne parle pas de vos collègues qui m'ont fait revivre la scène des dizaines de fois ! Comprenez que je puisse être sous le choc. J'ai dit tout ce que je savais du type qui a assassiné Annabelle ! A présent, laissez-moi un peu tranquille, je vais appeler un taxi ! Un ami m'a prêté son appartement à Marina Baie des Anges, et j'ai hâte d'y être.
- Voulez-vous que je vous y emmène ?

- Est-ce pour me faire subir un interrogatoire de plus pendant le trajet ?
- Non, je vous promets de vous épargner ! En réalité, j'étais venu pour prendre de vos nouvelles. Je sais que vous avez passé des moments extrêmement difficiles et je voulais vous faire comprendre que dans la police nous ne sommes pas si inhumains que cela ! Il faut juste que vous compreniez que notre acharnement est dirigé contre celui qui a tué votre femme et que nous mettons tout en œuvre pour mettre la main dessus.
- Oui, bien sûr, je comprends... Je vous ai mal accueilli, je veux bien le reconnaître mais je suis tellement épuisé...
- Bon, je vous emmène à Villeneuve-Loubet ; nous pourrions nous installer à la terrasse d'un bar pour y prendre un café ! Nous avons encore une journée ensoleillée, autant en profiter ! Qu'en pensez-vous ?

L'autre lui répondit par un sourire d'acquiescement et c'est à cet instant que Mathias réalisa qu'il n'avait jamais fait ce genre de proposition à une victime. En réalité ce type lui plaisait, sans qu'il ne sût vraiment de quelle manière. Ou plus exactement il le troublait.

Ils avaient roulé jusqu'à Villeneuve-Loubet, conscients que l'atmosphère entre eux commençait à bien se détendre.
Ils étaient restés trois heures consécutives à la terrasse du « Just before », un pub en face du port de plaisance de la Marina. Il faisait, en effet, très beau

pour un mois de février, et sous une pareille lumière tout paraissait possible !
Le Port de la Marina Baie des Anges, lieu très privé et protégé pour des vacanciers privilégiés, exposait bien sagement ses yachts cossus et bien astiqués qui frôlaient de plus modestes voiliers, dont les mâts oscillaient langoureusement au gré d'une brise légère. Il y avait beaucoup de goélands qui s'exprimaient joyeusement à l'idée d'être sûrs de trouver quelque nourriture abandonnée par les bateaux aux ventres gonflés.

Comme promis, aucun interrogatoire n'avait été mis en place. Chacun avait écouté l'histoire de l'autre avec beaucoup d'intérêt. Mathias s'était pris d'une réelle sympathie pour ce garçon, et il était ravi de sentir chez l'autre une réciprocité palpable.
Anthony Cassin était propriétaire d'un hôtel restaurant 5 étoiles sur la Côte d'Azur. La réputation du "Baron" à Saint-Jean-Cap Ferrat n'était plus à faire, mais à présent, il y avait mis un gérant car il voulait, dit-il, profiter de la vie. La quarantaine était, selon lui, l'âge idéal pour prendre sa retraite. Il dit à Mathias qu'il avait les moyens de s'offrir ce confort qu'il aurait voulu partager avec sa femme, Annabelle. Aujourd'hui, il en voulait au destin qui en avait décidé bien autrement...
Puis, tout naturellement, il enchaîna sur les détails de son enfance. Il n'avait aucun souvenir de sa mère. Celle-ci avait quitté son père, et Anthony, quand il n'était encore qu'un bébé. Il en voulait toujours à cette femme qui était partie avec son amant

et qui n'avait plus jamais donné signe de vie. Il parla un long moment de son père qu'il aimait, qu'il admirait. Il était tout ce qu'il lui restait.
Dans toutes ces confidences que lui avait livrées Anthony, Mathias entrevit une brèche qui lui permit de s'épancher à son tour sur son enfance. Lui aussi était orphelin de mère. Celle-ci mourut en le mettant au monde. Son père, avocat international, d'une dureté implacable, avait souvent reproché à son fils d'être responsable de la mort de sa mère.

Plus tard, lorsqu'il fut en âge de choisir son avenir, Mathias décida de quitter, du jour au lendemain, son père qui le détruisait à petit feu. Il entreprit de faire des études de droit, et des formations pour rentrer dans la police afin d'y être le meilleur Officier de Police Judiciaire. Il s'y était tellement appliqué qu'il venait d'être promu Lieutenant.
« - Comme vous pouvez le constater, je n'ai pas un père idéal comme le vôtre. J'ai totalement coupé les ponts avec mon père parce que je ne voulais plus subir son autorité qui avait drôlement altéré le peu de confiance que j'avais en moi.
- Tu t'es bien rattrapé à ce que je vois ! Du reste, tu n'as pas mal d'atouts pour faire valoir ta personnalité. T'es plutôt beau gosse, intelligent, t'es un putain de flic et en plus t'es drôle. Mais ça je crois que tu ne le fais pas exprès ! » Anthony se mit à rire, en lui tapotant l'épaule.
Mathias était ravi qu'Anthony le tutoie spontanément, il l'enviait de l'assurance totale qu'il arborait car depuis un moment, il s'escrimait à chercher de

quelle manière il pouvait lui proposer ce tutoiement. Il avait apprécié également que cet homme le chambre sur sa personnalité de comique sans le vouloir ! Il était bien placé pour savoir qu'il était souvent perçu comme un enfant maladroit, mais ce fut la première fois qu'il ne se vexait pas qu'on puisse lui renvoyer cette image.

Ces deux-là avaient du mal à se séparer. Ils échangèrent encore beaucoup de confidences et quelques fous rires, malgré les circonstances dramatiques qu'ils avaient presque oubliées l'un et l'autre.
En son for intérieur, Mathias se posait beaucoup de questions qui l'ébranlaient. Il se demandait pourquoi il était ainsi happé par la personnalité d'Anthony. Jamais, il n'avait éprouvé un attrait aussi puissant. Ni pour une femme, ni pour un homme. Son regard le fascinait.Il était comme hypnotisé et pourtant conscient qu'il s'installait dans un trouble à la fois dérangeant et terriblement agréable. Il avait l'impression inquiétante et délicieuse d'être à la merci d'un être qui le séduisait sans appel. Du coup, il cherchait à lui plaire, à l'émouvoir, à se livrer à lui. Il savait pertinemment qu'Anthony s'en rendait compte, et cela, loin de le gêner, l'encourageait à continuer.

A présent, leur attirance ne souffrait plus la moindre parole, le silence avait pris toute la place... Leurs yeux, brûlant d'une flamme suspecte, ne se quittaient plus.

Puis, ce fut avec un naturel imparable que Mathias se laissa guider vers un lit qui allait lui promettre le meilleur des plaisirs sensuels qu'il n'ait jamais vécus. Quand ils entrèrent tous deux dans l'appartement de Villeneuve-Loubet, Anthony lui asséna un baiser qui mit le feu à tout son être.
Le désir de Mathias était instinctif et urgent. Il n'avait jamais eu d'expérience de ce genre, et pourtant il se soumettait avec impatience dans ces bras experts. Il cherchait une raison de se retenir d'être heureux, il n'en trouvait aucune. Il voulait encore et encore sa peau contre la sienne. Cet intervalle béni en marge de son quotidien.
C'étaient deux corps qui exultaient de gratitude. Deux mâles qui s'abandonnaient dans un rapport exsangue avec l'infini.

Nina, ma fille chérie,
J'espère que tu as reçu ma première lettre. Ça y est, je suis allé au commissariat. Le Lieutenant Michaud s'est renseigné, Alexandru n'est pas en prison. Toi et moi, nous savons bien qu'il ne peut pas être en prison. Il est honnête et travailleur. Mais ne t'inquiète pas, la police va m'aider à le chercher.
J'ai rencontré quelques-uns de nos compatriotes un peu partout dans la ville de Nice. J'ai questionné plein de monde et j'ai fini par entrer en contact avec Cosmin et Stelian qui ont eu l'occasion de rencontrer Alexandru. C'était l'année dernière, pendant une soirée entre Roumains dans le restaurant d'un compatriote. Ils avaient tous fait la fête entre eux. Et ces deux jeunes hommes se souviennent bien de ton fiancé parce qu'il avait montré ta photo et parce qu'il était heureux d'être bientôt papa.
Je suis allé dans ce restaurant pour en savoir plus. Tous mes frères roumains m'ont reçu chaleureusement. Ils sont prêts à m'aider dans mes recherches.
Sache, ma fille, que jamais je ne me résignerai à revenir au pays, sans que je te ramène ton fiancé. Le père de ton enfant.
Il va comment le bébé ? Est-ce qu'il réclame son grand-père ? Dis-lui que son Bunic, il l'aime plus que sa vie. Tous les jours, dis-le lui.
Dis à la Mamuca que je l'embrasse.
Et surtout, garde ta confiance en moi ! Pazi încredere în mine !
Ton père qui t'aime.
P.S. : Un flic en civil me suit partout. C'est dire que la police prend l'affaire au sérieux ! Moi, je fais celui qui ne voit rien...

Chapitre 7

Il était 5 heures du matin quand le Lieutenant Massa fit face à l'Amiral.

Se tenaient aussi au garde-à-vous, l'imposant Ducal, le Baronnet et le Commodore.

Dans une fascinante configuration en formes de vagues, surgie de la création d'un architecte révolutionnaire dans les années 70, la brillante Marina s'étendait en bordure de mer sur la Baie des Anges.

Selon la tradition, des pêcheurs d'antan avaient baptisé ainsi cette baie. On dit qu'ils ramenaient souvent dans leurs filets, à cet endroit, une espèce de requin dont les ailerons perpendiculaires ressemblaient à des ailes. Ils se plaisaient à les appeler les anges de mer.

Mais Grégoire Massa était à mille lieues de faire dans la légende. Il était là pour quelque chose de précis. Exécuter Anthony Cassin, le mari de sa victime.
Au départ, il avait décidé de le filer dès sa sortie de l'hôpital, mais il venait d'apprendre que celui-ci en était déjà sorti. Il fulminait de l'avoir loupé, et s'en voulait de son manque de vigilance... Cette affaire du vieux Roumain l'avait troublé au plus haut point. Peu à court de moyens, il avait fini par avoir l'adresse où logeait provisoirement Anthony Cassin.

Pour obtenir ce tuyau, il s'était adressé à un de ses vieux potes qu'il côtoyait régulièrement, une sorte d'indic, un pseudo-détective, ancien flic qui était tombé pour trafic de drogue et qui n'avait d'avenir que dans les petites combines. Celui-ci lui avait filé, en échange de services que le Lieutenant Massa ne lui rendrait jamais, tous les renseignements à temps. Empêché par la police de retourner s'installer à la villa de Cimiez qui avait été mise sous scellés, Anthony Cassin s'était fait prêter un appartement de la Marina à Villeneuve-Loubet par un de ses amis restaurateurs.
Le Lieutenant Massa s'en voulait de l'avoir laissé en vie. Tout à son moment d'extase, cette nuit-là, il n'avait pas eu le bon réflexe de le liquider. Ou était-ce peut-être son désir inconscient de jouer risqué ? Mais il avait fini par reprendre ses esprits et s'apprêtait à statuer sur le sort de celui qu'il avait épargné cette nuit-là.

Espérant ne pas trouver porte de bois, il avait décidé de rendre une petite visite impromptue à ce témoin pour le moins gênant, ce témoin qui connaissait sa voix...

Il fallait qu'il accomplisse ce qu'il considérait comme une dernière petite formalité, puis il ne tarderait pas à quitter le pays. Il avait obtenu, pour pas cher, de faux papiers, et il était fin prêt pour s'envoler vers une destination lointaine. Il se fondrait dans la masse des retours touristiques, cosmopolite et gavée de spectacles carnavalesques.

Peut-être qu'il profiterait des derniers jours du carnaval avant son départ, pour s'amuser avec une poupée ou deux. Il avait encore en bouche le goût de la chair fraîche...

Il traversa les jardins de la Marina, lorsqu'il vit une silhouette qui longeait le bâtiment Ducal.
Il fut étonné de reconnaître le jeune Mathias Michaud, qui sortait de la résidence où habitait Anthony Cassin, à une heure aussi indue.
Que faisait-il là ? Il eut du mal à en croire ses yeux ! Était-ce un hasard ? Était-ce juste une des connaissances de Mathias qui habitait là ? Une maîtresse ?
La réponse à ses questions ne tarda pas à se manifester. De la terrasse du troisième étage, Anthony Cassin, qui était torse nu, émit un sifflement à l'encontre du jeune Mathias et lui fit un dernier signe de la main.
Le Lieutenant Massa fut pris au dépourvu, mais eut juste le temps de se camoufler pour observer le jeune Lieutenant qui affichait un sourire béat. Ce fut la peur de se faire repérer qui l'obligea avec beaucoup de peine à réfréner un fou-rire de diable.
Le timide et consciencieux Mathias et le mari de la victime ! Ça valait son pesant d'or !

Cette croustillante anecdote lui apporta un brin d'énergie supplémentaire pour accomplir le crime qu'il s'apprêtait à commettre.
En attendant que Mathias eût quitté la Marina, il se dissimula derrière un bosquet, et une fois qu'il entendit le bruit du démarreur de la voiture, il se

dirigea vers la porte de la résidence dont il força la serrure sans difficultés. Puis il s'engagea à pas de loup dans l'escalier avec la sublime intention de donner un coup de couteau à Anthony Cassin.
A peine avait-il monté quelques marches, qu'un instinct de prudence l'immobilisa. Et si Mathias remontait ? Pour une raison quelconque. Pour ramener des croissants ? Ou pour revenir embrasser son amant ? Toutes ces bêtes hypothèses étaient possibles et Massa ne voulait pas prendre le risque d'être contraint de tuer aussi le jeune Mathias qu'il affectionnait.
Il préféra rebrousser chemin et reporter son projet à plus tard.
Il retourna à sa voiture et démarra discrètement. Il prit la direction de Vence, avec l'idée en tête d'élaborer un plan qui consistait à éliminer Anthony Cassin en dehors de son domicile. Il n'arrêterait pas de le filer et de choisir le moment opportun.

Chapitre 8

Il datait du Moyen-Age et, à sa naissance, on l'avait doté du nom de Carnaval. L'étymologie qui fut la plus retenue dans sa légende était celle de « carne levare » (enlève la chair).

A cette époque, avant le Carême qui imposait le jeûne, durant 40 jours, les Catholiques avaient pour belle coutume de faire fête, pleine et copieuse, de bombances, de rires, et de bals. Cette période de réjouissances sans retenue, poussait aux mascarades, et tous débordements de joie et feux de joie.

Tout était possible et permis : des rasades sans compter, des festins gargantuesques, des débauches sans limites, jusqu'aux plus belles orgies, toujours sous le masque et le déguisement qui abritaient des copulations mixtes entre nobles et gens du peuple.

L'extase de la luxure se vouait à l'infini, le plaisir de la farce, sans morale et ce, jusqu'au Mardi-Gras.

Charles d'Anjou, Comte de Provence, fut un des premiers à participer au succès national de cet événement qui, jusqu'alors, était régional. Il en fit mention écrite en l'année 1294, en signalant avoir passé à Nice « les jours joyeux de Carnaval ».

Ce fut en 1830 que les Niçois organisèrent un premier cortège en l'honneur de Charles-Felix de

Savoie et de Marie-Christine de Bourbon-Sicile, les Souverains du Royaume de Piémont Sardaigne.
La trentaine d'équipages défilant pour le Roi et la Reine annonçaient alors le futur déroulement du Carnaval.

Jusqu'en 1872, la fête battait spontanément son plein, dans les rues de Nice, au gré des inspirations de chacun. Les gens déguisés se bombardaient de projectiles de toutes sortes. Ils avaient ainsi instauré le divertissement principal de la fête du Carnaval. Des fleurs, des bonbons, des dragées. Des haricots, de la farine, des coquilles d'œufs, des pois chiches, puis des confettis de plâtre qui furent remplacés, dès l'année 1892 par des confettis de papier.

Ce fut en 1873, que le Niçois Andriot Saëtone fonda le Comité des Fêtes sous le patronage de la municipalité donnant ainsi de l'ampleur à des festivités organisées et officielles.
C'est ainsi que l'installation des tribunes, et les cortèges de chars devinrent un rituel et, qu'en cette année là, entra dans la ville de Nice le fameux Roi Carnaval 1er.
Le Carnaval Moderne était né. Alexis Mossa et son fils Gustav Adolf apportèrent des maquettes de chars faramineux avec une signature particulière, dans ce qui voulait être un art dit grotesque portant une forte symbolique.
Une des figures emblématiques de la culture du Carnaval les plus marquantes, en son temps, fut celle du char de Catarina Segurana, figure mythique

de la résistance locale ainsi que celle de la Ratapignata.
Comme de nos jours, un jury se réunissait sous la direction du Président du Comité des Fêtes, pour honorer, de divers prix, les chars et autres animations. En l'année 1875, le premier prix fut disputé avec force entre ces deux chars, et provoqua un esclandre chez les Niçois, car le premier prix alla au char de Catarina Segurana et le second au char des Ratapignata, alors que ce dernier l'emportait largement, d'un point de vue artistique, sur celui de Catarina Ségurana. Mais le verdict fut d'ordre politique avant tout, le Comité des fêtes et le maire de Nice étaient plutôt favorables à prendre leurs distances avec la France.
Le peuple nissart, fort de manifester son mécontentement et sa défiance envers la France par les seuls moyens qu'il lui restait, avait opté pour le char de Catarina Ségurana, qui avait été construit dans le Vieux Nice sur la rive gauche du paillon, en opposition au char des Ratapignata qui, lui, fut construit sur la rive droite du Paillon, dans le nouveau Nice, où résidait une certaine bourgeoisie favorable aux affaires et à la France.
En 1882,ce fut Sa Majesté Triboulet qui prit place au trône du Char Royal. En son temps, ce personnage avait été le Bouffon du Roi Louis XII.

Le légendaire Triboulet était habillé comme un lutin grotesque affublé d'un chapeau à grelots, affairé à quelque cabriole, farce ou moquerie. Associé à la liberté, à l'insouciance et à la folie, le bouffon procurait au Roi et à ses convives le plaisir et le rire, dans des sociétés où les loisirs n'étaient pas toujours de mise. En réalité, son rôle ne s'arrêtait pas là, il était un miroir, un reflet des travers du monarque, un personnage spirituel qui amusait le roi avec ses bons mots.

Lorsque Triboulet fut sacré Roi de cette fresque du Carnaval, il fut escorté d'une multitude de nouveaux protagonistes dont la valeur symbolique était très forte également.

Il y avait, entre autres, Polichinelle, emprunté à la Comedia dell'arte, et Paillassou, un mannequin bourré de paille que l'on jetait en l'air. Une figure inspirée de l'homme sauvage Hellequin du folklore médiéval qui était le pourvoyeur de l'âme des morts.

Cette magnifique saga des Rois du Carnaval qui se succédaient brillamment à Nice, avait toujours perduré, sauf évidemment pendant les périodes néfastes de guerre qui avaient, pour un temps, interrompu la joie de vivre et celle de s'amuser.

Fort de son passé riche et cocasse, le Carnaval de Nice était toujours là, à vibrer à l'unisson et battre la mesure au rythme endiablé d'une musique qui n'était plus niçoise depuis bien longtemps et qui avait, entre autres, laissé la place à la techno.
Certes, le cachet artisanal n'était pas encore mort, mais il était largement secondé par des moyens

technologiques et la fête populaire avait pris des aspects de spectacles organisés devant lesquels il était plus facile de poser des touristes passifs, et de cadrer sagement la gente populaire.

Cette année-là, les festivités allaient finir en apothéose, mais ce ne fut pas l'immolation mythique du Roi qui mit le feu dans l'esprit de la foule en liesse.

Chapitre 9

La jolie Morgane, une niçoise célibataire d'une trentaine d'années, était à mille lieues d'imaginer, tout à sa joie de fêter le carnaval comme tous les ans, qu'elle tomberait sous le joug d'un odieux prédateur sexuel.

Elle attendait avec impatience cette soirée depuis un an, un rituel qu'elle partageait avec ses anciennes copines de fac.

Morgane travaillait dans une start-up. Elle vendait, via une plate-forme internet, des sous-vêtements qu'elle dessinait et qu'elle faisait fabriquer en Espagne dans la petite usine d'une de ses copines.

Ce jour-là, justement, elle interrompit son travail vers 17h30 car elle devait aller chercher à l'aéroport de Nice, sa copine Maruja qui arrivait de Madrid.

Ensuite, les deux amies rejoindraient leurs autres copines qui les attendaient chez Morgane, pour se doucher, s'habiller, se pomponner. C'était leur soirée et elles se devaient d'être les plus belles, voire même les reines du Carnaval.

Morgane avait opté pour le trash. Elle avait décidé de se costumer en Lady Gaga. Elle avait elle-même reproduit le modèle d'une des robes excentriques de celle-ci et elle en était vraiment très fière.

Cette fameuse robe noire, surmontée d'une capuche comme celle d'une déesse gothique. Une tenue sublimissime aux formes plus que sexy dont le jeu de drapés et de transparence avaient, lors d'un concert de Lady Gaga, dévoilé subtilement ses jolis seins. Des échancrures généreuses à outrance qui contrastaient avec la capuche qui évoquait légendairement la discrétion, le secret, et le recueillement.

Ce choix de costume reflétait toute la personnalité ambivalente de Morgane. Elle avait accessoirisé sa tenue avec des Louboutin extravagants qu'elle avait achetés à Cannes dans une boutique où toutes les grandes marques étaient à l'honneur.
Elle allait pouvoir mettre en valeur son corps de mannequin. Elle s'entretenait, faisait du sport, mangeait équilibré, et avec ce déguisement, elle savait qu'elle allait faire encore plus jeune qu'elle ne l'était. Elle était coquette et, plus que tout, elle aimait faire de l'effet.

19h30. Pour une fois le vol de Madrid arriva à l'heure. Elles étaient heureuses de se retrouver.
Vers 22h elles se tenaient enfin prêtes. Quelques photos pour enrichir leur page *Facebook*, et leur compte *Instagram*, quelques selfies, et elles partirent pour faire la fête.

Elles avaient réservé à l'O'Morena, un restaurant très branché, coté pour ses délicieuses tapas, en plein cœur du Vieux-Nice.
Morgane était d'autant plus euphorique qu'elle se

sentait la plus belle du groupe. Il lui tenait toujours à cœur de conserver son statut de « bombe » qui avait défrayé la chronique durant ses années d'université.

Le Carnaval, elle voulait le vivre pleinement, ce serait une soirée folle, sans tabou, sans frein où tout serait permis.
Elles s'installèrent à la meilleure table, et commandèrent à Alex, leur serveur favori, une première tournée de Caïpiroska. Un cocktail bien glacé qu'elles adoraient pour sa vodka parfumée au citron, avec une pointe de curaçao ; une spécialité que seul Alex savait doser exactement à leur goût. Pas trop de sucre, beaucoup de vodka, juste ce qu'il faut de curaçao !

Il se faisait toujours un plaisir de servir cette jolie tablée de filles qui rivalisaient de beauté, de papotages, et de cris d'enthousiasme, et que les hommes, même les plus chevillés à leur épouse, ne manquaient de regarder avec envie.

La plupart des clients du restaurant étaient costumés, certains même étaient masqués, l'ambiance carnavalesque était déjà de mise.
Dans un coin isolé du bar, l'homme en smoking paré d'un masque de loup, ganté de satin noir, avait repéré Morgane. Il avait trouvé son petit chaperon rouge pour la nuit. Prêt à se mettre en chasse et à tendre un piège à la belle qu'il n'allait pas tarder à croquer.

Vers la fin du repas, il chargea Alex de proposer aux filles une bouteille de champagne de sa part.
Il n'eut pas beaucoup à attendre leur signe de remerciement exubérant qui l'invitait clairement à se joindre à elles.

Alex disposa une chaise de plus à la table des filles sans savoir qu'il faisait entrer le loup dans la bergerie.
Et c'est avec une élégance absolue que celui-ci s'installa près des brebis qui le complimentèrent pour le choix de son masque.

Morgane de son plus beau sourire le provoqua d'emblée.
- Monsieur le Loup, nous ferez-vous le plaisir d'ôter votre masque ?
- Non, Mademoiselle, c'est justement l'essence du carnaval de pouvoir discuter, faire la fête, danser avec de belles inconnues. Entretenir la magie, avec elles. Mais je vous promets, Mademoiselle, que, plus tard dans la nuit et suivant la tournure des événements, que je souhaite magnifique pour notre rencontre, je pourrai dévoiler mon visage. Si vous acceptez le jeu, je vous propose de trinquer au Carnaval et à notre belle rencontre.

Morgane leva sa coupe en guise d'acquiescement et pendant qu'elle échangeait des rires de complicité avec ses copines, leur hôte se réjouissait de la facilité avec laquelle il était en train de faire tomber sa proie.

Sous le maquillage pourtant outrancier de Morgane, il devinait sa beauté naturelle et la pureté de son visage. Et bien qu'il fût pressé de le saccager, il prit tout son temps pour mieux attirer la belle dans ses filets.
Une deuxième commande de champagne fut accueillie à grands cris par la gent féminine et l'effet de l'alcool commençait à faire, sur Morgane, son chemin de croix.

Le loup en profitait cyniquement pour continuer à séduire sa proie.
Morgane ne cessait de fixer ce masque noir qui figurait la cruauté d'un loup. Elle était fascinée par ce ténébreux camouflage dont les évasures dévoilaient de brillantes prunelles.

Elle écoutait avec dévotion le son de cette voix qui tantôt la berçait, tantôt l'excitait. Elle flottait de plaisir et d'ivresse. Un mélange de sensations, énigmatiques et suaves. Tout ce qu'elle aimait.
Elle commençait à faire travailler son imagination et à créer un visage à cet homme. Son idéal masculin prenait forme peu à peu dans sa tête et sous ce masque de loup.
Elle adorait justement le Carnaval pour cette raison ; tout lui était permis, elle ne se mettait pas les limites de sagesse qu'elle se fixait le reste de l'année, histoire de se donner à elle-même l'image lisse d'une fille bien. Une fois terminées les agapes du sexe, elle reprendrait le cours de sa vie comme si son corps n'avait pas exulté de manière aussi irrévérencieuse.

Le groupe quitta enfin l'O'Morena pour déambuler parmi la foule du Carnaval et décida d'aller danser au Fiacre, une boîte de nuit dans le Vieux Nice qui arborait, avec orgueil, son thème de la soirée :
« Si tu veux rentrer, viens déguisé ! ».
L'entrée de Lady Gaga escortée d'un loup fit sensation dans la boîte de nuit et fut accueillie par des cris fanatiques qui n'eussent pas été mieux servis s'il se fût agi de la chanteuse en personne.

Le Loup choisit une table dans le salon VIP, moins pour les épater que pour se débarrasser des copines encombrantes. Il comptait bien extraire Morgane du groupe, une fois que les autres seraient bien trempées dans l'ambiance frénétique de la boîte.

Une cohorte de masques grungy, d'informes fantoches, grouillait sur la piste de danse comme une fourmilière défoncée à la cocaïne. Dans un brouillard artificiel que les lasers fendaient de toutes parts, les lights convulsaient au rythme d'une techno assourdissante.
Au bout d'une heure, le Loup, qui était pressé de s'extirper de ce purgatoire, proposa à Morgane une petite balade sur la Promenade des Anglais. Elle ne se fit pas prier, oubliant l'existence de ses copines qu'elle ne prit pas le soin d'avertir.

Alors qu'ils se promenaient dans l'air frais de la nuit, elle lui racontait son métier dans tous les détails, comme si son curriculum vitae pouvait jouer en la faveur de sa séduction.

A son tour, le Loup lui servit tout un assortiment de propos qu'elle rêvait d'entendre. Un profil idéal à faire craquer n'importe quelle fille idéaliste. Leur complicité et leur excitation les conduisirent tout naturellement à se tenir la main tout en bavardant. L'échange d'inepties courantes entre deux personnes qui pressentent le développement final d'un jeu de séduction. A ceci près qu'une seule sur deux en connaissait l'issue fatale.

Le Loup gérait d'une main de maître son impatience à lui sauter dessus. Il savait que sa récompense serait délectable.

Des deux côtés, les fantasmes allaient bon train, et pendant qu'elle dessinait un visage à son charmant ami, avec tous les traits de perfection dont peut se nourrir une imagination sans bornes, lui, il élaborait des plans diaboliques de déshabillage les plus brutaux, tout en se délectant des hurlements de la belle et de sa terreur qui viendraient parfaire l'extrémité de son excitation.
Lorsqu'elle lui susurra qu'elle s'en fichait de ses copines, qu'elle était en train de passer la meilleure soirée de Carnaval de sa vie, et qu'elle adorait son humour au point de ne plus pouvoir s'en passer, il acquit enfin la certitude qu'elle était mûre pour tomber dans son piège macabre.

Alors, pour la récompenser, il lui dit, d'un ton enjoué, qu'il s'apprêtait à lui faire une belle surprise.
- Une surprise ?

- Oui, ce soir, je vais te sacrer Reine du Carnaval !
- Reine du Carnaval ?

Agacé par son attitude de perroquet qui commençait à entamer sa patience, il lui annonça qu'il allait l'emmener dans les coulisses des festivités, le hangar où étaient stockés les chars du Carnaval. Il se prit à lui donner des explications sibyllines pour justifier qu'il avait les clés sur lui, ce qui ne sembla pas être un détail qui la perturbait, tant elle était à son ridicule enthousiasme de jeune fille romantique à qui le Prince Charmant promettait son royaume.

A défaut d'un cheval blanc, le Prince transformé en loup commanda un taxi à destination du quartier de Riquier.
Le chauffeur arriva sur la Promenade des Anglais, et s'approcha d'eux, tel un cocher faisant partie du conte de fée. Il sortit tout sourire de son véhicule pour ouvrir la portière à la Princesse. Elle était tellement guillerette qu'elle se mit à sympathiser avec le chauffeur qui, dans son esprit, était le premier témoin du bonheur qu'elle estimait, en fleur bleue, pour la vie.
- C'est quoi votre petit nom, charmant jeune homme ?
- Appelez-moi Raphaël, Mademoiselle, si Monsieur le permet ! lui susurra le chauffeur de taxi en lançant une œillade complice au Loup.

C'est qu'en mâle aguerri, il avait bien deviné qu'il embarquait le couple en un lieu où ils s'apprêtaient à conclure... Au détail près qu'il était à très loin d'imaginer la forme sordide de la conclusion.

C'est confiante que la belle se lova, durant le trajet jusqu'au quartier de Riquier, dans les bras robustes et rassurants du loup. Morgane, qui avait pourtant connu quelques aventures d'un soir, notamment en période de carnaval, s'étonnait elle-même du solide attachement qu'elle commençait à éprouver pour ce bel inconnu...

Pressé de se détacher de l'étreinte de la romantique princesse, l'homme indiqua de loin, au hasard, un immeuble au chauffeur pour lui fausser la véritable destination. Une fois qu'ils sortirent du taxi et que la course fut payée, il attendit que la voiture disparaisse pour proposer une petite marche à pied à la belle, qui accepta avec le sourire tout à la joie de faire durer le plaisir, en attendant la surprise. A ce moment-là de l'histoire, elle se sentait si légère qu'elle aurait suivi son prince charmant au bout du monde.
Le cliquetis de ses talons aiguille résonnait sur le trottoir. Dans le quartier de Riquier, les rues étaient complètement désertes. Morgane parlait sans cesse, comme si elle n'avait pas fini l'apologie de sa propre personne, et que d'autres éléments sur ses qualités eussent pu porter des points supplémentaires dans son quota de séduction.
S'ensuivirent des commentaires sirupeux sur ses parents, sa petite sœur Noémie qu'elle adorait, sa chienne Becky, un ratier de Prague qui faisait

caprice sur caprice, bref tout une engeance qu'elle avait hâte de lui présenter.

Un quart d'heure de fadaises plus tard, ils arrivèrent devant un immense bâtiment.
Il sortit une première clé qui permit d’ouvrir le cadenas d'une grande porte, une deuxième qu'il introduisit dans la serrure du haut, une troisième pour la serrure d'en bas. Aucune alarme ne vint à se manifester, le Loup l'avait neutralisée auparavant.
Il l'invita à entrer dans un hangar qui était sombre à terroriser n'importe quelle femme. N'importe laquelle, sauf les stupides, les bécasses, les aveugles, les aveuglées.
Que de gifles qui se perdaient ! Il n'en revenait pas de cette confiance à toute épreuve, de cette naïveté qui lui rendait les choses trop faciles. Mais deux gifles de perdues, c'était dix coups de couteau de retrouvés pour cet assassin prêt à l'assaut, ce prédateur dont le plan minutieux se déroulait à merveille.

Il glissa sa main le long d'un mur enduit de plâtre, il eut peu de mal à trouver l'interrupteur. La lueur des néons bégaya un peu avant de laisser place à une lumière intense qui éclaira la salle gigantesque dans laquelle ils venaient de s'introduire.

Ils n'étaient pas seuls.

Un colossal service d'accueil les attendait, l’œil torve et dans un grotesque garde-à-vous. Un rassemblement haut en couleur de barriques boursouflées qui

tendaient des bras disproportionnés. Des mains aux doigts replets. Leurs nez, difformes.
D'imposants monstres en papier mâché pansus et joufflus qui souriaient de leurs plus belles dents.
Les chars du Carnaval étaient garés, alignés, fleuris, parés pour la sortie du lendemain.

Morgane mit du temps à sortir de sa béatitude, avant d'émettre un gloussement qui était tuant de ridicule. Elle se mit à pleurer de joie tout en agitant ses mains comme des éventails, pour faire mine d'assécher ses larmes, un geste très tendance chez les bécasses, une race d'oiselles qui veut dire, en gros, « pardon, je pleure, mais j'évente mes larmes car je suis très gênée de pleurer devant vous ! »
Elle se jeta dans les bras de celui qui venait de lui offrir un rêve inimaginable. Un rêve de carton-pâte. Le must.
- Mais mon amour, comment se fait-il que tu aies les clés de cet endroit féerique ?
A question débile...

- Toute ma famille travaille comme bénévole depuis des années à la confection et la décoration des chars pour le Carnaval.

Réponse débile... pour le moins.
Elle était toute petite à côté de tous ces chars, elle les trouvait magnifiques. Elle les touchait, les caressait. Elle riait comme une petite fille. Elle était époustouflée. Un trop plein d'émotion mêlé à l'abus d'alcool la fit refondre en larmes.

C'est à ce moment précis qu'il en profita pour l'enlacer et l'embrasser fougueusement.
- A présent, c'est à ton tour de me surprendre. Si tu acceptes de te dévêtir et de t'asseoir sur le char de la Reine du carnaval, je...
- Nue ? Tu veux que je mette nue ?
Son sourire faussement pudique déçut un peu le violeur qui se rendit compte que cette soumission imminente allait lui enlever une partie de son plaisir. Il aurait préféré une résistance défensive qui lui aurait permis d'arracher ses vêtements comme il en avait rêvé toute la soirée.
Au lieu de quoi elle commençait à se déshabiller langoureusement, sans même savoir quelle récompense il y aurait à la clé.
En bon prince, il intronisa la souveraine en la hissant sur la banquette du char.
En bon prince, il la couronna d'une tiare en strass qu'il venait de sortir d'une malle à accessoires.
En bon prince, il fit tomber son masque de loup, pour lui dévoiler son visage.
En tueur qui se respecte, il venait de signer l'arrêt de mort de sa victime.
Elle n'eut pas le temps de dire si le visage du Prince lui convenait ou pas, car celui-ci lui asséna d'emblée de violentes gifles, histoire de se procurer un plaisir immédiat et de donner clairement le ton de la séance.

Morgane n'eut pas davantage le temps de montrer sa surprise tant les coups étaient brutaux et inattendus. Après avoir tenté de se débattre, elle se transforma en poupée de chiffon, avec laquelle le prédateur se mit à jouer, se réjouissant de ses hurlements de petite fille. Le violeur se mit en œuvre, encore et encore, avec une insatiabilité frénétique.

La terreur de sa victime le poussait à agir sans limites, elle était la bouchée suprême ; il s'en régalait à l'abîmer, à la casser, avant de lui donner le coup fatal.
Il fut déçu qu'elle perdît conscience à la vue du couteau, mais cela ne l'empêcha pas de parfaire son plaisir à l'écorcher de toutes parts.

Le Loup était devenu rouge d'excitation et de fureur exquise, et il se sentit prêt pour la minute suprême. Alors, il l'éventra de haut en bas pendant qu'il jouissait en elle.
Repu de ses agapes, il alluma une cigarette et se mit à observer Morgane qu'il trouvait encore plus intense depuis qu'il l'avait endommagée.
Comme un cadeau qu'on manipule avec soin, il l'empaqueta dans la bâche qu'il avait posée auparavant sur la banquette. Morgane n'était plus qu'un ballotin sous plastique. Il l'installa dans une sorte de châsse qui se trouvait dans la partie inférieure d'un autre char. Il défit l'emballage, en dégagea les bords, et recouvrit de balles de toutes les couleurs, le corps de sa victime. Il n'avait plus qu'à refermer la trappe métallique de la partie inférieure du char qui était prêt à défiler le lendemain, celui du gros lutin rose fluo qui faisait mine de lire un journal qu'il tenait à l'envers.

Il prit méticuleusement son temps pour nettoyer toutes les traces de sang, et sortit du hangar après avoir refermé scrupuleusement les trois verrous.
Le lendemain, dernier jour de ce Carnaval qui honorait, cette année-là, le Roi des Médias, il irait sur la Place Masséna pour assister au défilé.
Tous les badauds allaient avoir une belle surprise lorsqu'ils découvriraient cette belle poupée ensanglantée ! Pour sûr que le Loup n'allait pas louper ça !

Chapitre 10

La clôture du Carnaval fut marquée en ce mois de février par la découverte, sur place, du cadavre d'une jeune femme atrocement mutilée qui fit l'effet d'une bombe qu'aucun agent du GIGN n'aurait pu désamorcer !

La fête battait son plein de Carnaval, les gens se disputaient comme des enfants pour attraper des ballons de baudruche sur les chars qui défilaient en pavoisant devant eux.
D'aussi loin que remontaient ses souvenirs, César Cervoni avait toujours vu le Carnaval. Lorsqu'il était tout petit, ses parents l'emmenaient sur l'Avenue de la Victoire. Dans son esprit, les chars étaient géants, à la fois merveilleux et effrayants. Les grosses têtes l'impressionnaient lorsqu'elles se penchaient sur lui et la Ratapignata lui donnait d'exquis frissons, dont il avait encore un souvenir attendri.

Chaque année, en bon niçois de souche qu'il était, il allait sur la Place Masséna avec son épouse Josy et ses deux enfants, Charles et Leelou. Il voulait leur transmettre cette habitude qui l'avait rendu si heureux et leur apprendre à engranger les mêmes souvenirs.
Sacrifiant au rituel immuable d'être assortis, ils avaient choisi les costumes de la Famille Addams. Le père avait revêtu pour cette immersion dans la foule, le costume trois pièces de Gomez, il avait

plaqué ses cheveux bruns avec du gel et s'était mis une fausse moustache. Josy portait une longue robe noire très moulante, et, avec sa silhouette filiforme, elle faisait une magnifique Morticia. Les deux petits, avec leur maquillage blafard, et leur costume macabre, ressemblaient trait pour trait à Mercredi et Pugsley, les deux frère et sœur monstrueux de cette fameuse comédie américaine.

Comme tous les gens qui étaient déguisés, ils avaient le droit d'entrer gratuitement dans l'enceinte de la place. Les enfants s'en donnaient à cœur joie, et les parents paradaient, fiers de leur idée de costume, qui avait beaucoup de succès. Josy et César chantaient à tue-tête et dansaient comme des adolescents, sans perdre de vue leur progéniture.
Mais Leelou, toujours prompte à faire des bêtises, eut l'idée saugrenue de s'agripper à l'étroite bande de tissu qui enveloppait le bas du char qui passait devant elle. Celui qu'elle trouvait le plus drôle, celui figurant un gros lutin rose fluo qui lisait son journal à l'envers. Elle se hissa à la force de ses bras, jusqu'à la plateforme qui occupait la majeure partie de la surface du char.

Son frère, Charles, qui n'avait pas réussi à l'empêcher de grimper et qui la voyait s'éloigner avec le gros lutin rose, arrêta sa bataille de confettis endiablée et alerta ses parents qui coururent sans réfléchir afin de faire descendre la petite.
Le père se hissa sur le char et ne l'y trouva pas. Il demanda d'immobiliser la machine au conducteur

qui était derrière son hublot, et aux membres de l'équipe technique qui le guidaient.

Josy hurlait, tous azimuts, le nom de sa fille, tout en serrant fortement la main du petit Charles. Elle était au bord de l'effondrement, alors que les gens autour ne comprenaient pas le drame qui se jouait, et continuaient à danser et à chanter et même à lui envoyer des confettis.

Le père se mit à plat-ventre et se hissa sous la partie inférieure du lutin. Il sursauta, lorsqu'il vit que tout en dessous de la machine, il y avait un petit soupirail par lequel il vit le petit minois en larmes de Leelou. Elle avait réussi à s'introduire dans une espèce de double fond duquel elle n'arrivait plus à se dégager.

Aidé d'un technicien, il déplaça le pied mobile du lutin rose qui empiétait en grande partie sur l'accès à la trappe et lorsqu'ils soulevèrent celle-ci, une odeur pestilentielle s'en dégagea.
Leelou pleurait et n'arrêtait pas de répéter qu'il y avait au milieu des balles une vilaine princesse qui sentait pas bon et qui lui faisait peur...
Son père et le technicien se hissèrent pour la sortir du caisson et lorsqu'ils la soulevèrent ils découvrirent avec stupeur la tête d'une morte couronnée qui émergeait de toute une flopée de balles.

Tout fut stoppé et la foudre s'abattit soudainement sur la liesse pour laisser place à une panique générale. Des hurlements fusaient de tous côtés, et l'effroi se lisait dans les regards qui, quelques minutes plus tôt, brillaient comme celui des enfants comblés de joie.

Une armada de flics, se désintéressant, d'un coup, des pickpockets, des fauteurs de troubles et autres traditionnels loubards en tous genres, investit les lieux pour écarter la foule en émoi.

Mathias et le Procureur aussitôt avertis, arrivèrent sur place. Ils étaient aussi décomposés l'un que l'autre.
L'équipe scientifique avait été mandatée immédiatement et s'était mise au travail sans attendre.
La place Masséna n'était plus qu'un sombre désert ruiné et endeuillé. Les grosses têtes des chars donnaient plus que jamais dans le grotesque.
Après tous les prélèvements effectués, on embarqua le corps de la jeune Morgane. La princesse, dans un dernier convoi funèbre, partait pour une autopsie qui ne ferait pas de quartiers.

Mathias démarra en direction du Commissariat, le Procureur les avait tous convoqués pour une première journée d'investigation sur cette nouvelle affaire et un débriefing sur la première enquête en cours.
Les recherches allaient se renforcer avec encore plus de travail qu'ils n'en avaient déjà. Il leur était difficile d'imaginer de quelle manière on pouvait faire mieux que 24 h/24.

Mathias roulait doucement, il était éreinté, la tête emplie d'images nauséabondes. Il imaginait l'horreur et la peur qu'avait dû vivre cette jeune fille à ses dernières heures.
Tout le dégoûtait, il n'avait pas envie d'aller à cette réunion qui était pourtant primordiale. Il avait plutôt envie d'être près de son ami Anthony. Son aventure avec lui le perturbait autant qu'elle le mettait dans un état d'euphorie quotidienne. Il n'avait jamais connu autant d'enthousiasme à l'égard d'une personne. Il s'avouait vaincu, amoureux, sous le joug d'un homme dont le charme l'avait fasciné. En tant que flic, il savait qu'il n'était pas en droit de le fréquenter et qu'il allait à l'encontre de l'éthique professionnelle qui, jusqu'alors, avait été son cheval d'orgueil.
Il changea d'itinéraire pour foncer droit vers la Marina. Il avait envie de rendre une visite à Anthony. Il avait une appréhension confuse mais son désir de le revoir était plus fort que tout.
Il savait, sans éprouver une quelconque culpabilité, que le Procureur l'attendait sur l'heure, et qu'il s'attirerait les foudres de ce dernier. Le Commissaire ne lui pardonnerait pas plus son retard à cette réunion urgente et importante. Et il imaginait aisément les critiques de tous ses collègues sur son attitude pour le moins désinvolte.
Certes, il savait qu'il n'était pas assez impliqué dans l'enquête comme il l'avait été dans l'affaire des têtes coupées, une année auparavant, ce qui lui avait valu des compliments bien mérités en haut-lieu. Il en était conscient, mais il avait du mal à se ressaisir.

Les encouragements du Lieutenant Massa, à l'époque, lui avaient donné des ailes, et à présent que ce dernier n'était plus là, il lui semblait que ces ailes avaient été rognées. Cette relation inattendue avec Anthony, le révélant à lui-même, avait fragilisé sa motivation professionnelle. Et dire qu'avant tout cela, sa vie tournait essentiellement autour de sa fonction de flic.
Était-ce sa carrière de flic, la vraie vie ? Ou était-ce le bonheur d'avoir appartenu à cet homme ?
Lorsqu'il arriva et qu'il fut accueilli par Anthony, il eut la conviction qu'il avait la réponse à ses questions.
Mais lorsque son amant l'embrassa et le conduisit vers la chambre, il n'était plus à même de se poser des questions.

Chapitre 11

Au petit matin, les deux amants sirotaient un café sur l'immense terrasse de l'appartement qui surplombait la Marina. Une vue à couper le souffle.
Anthony s'apprêta à lui parler, lorsque son portable sonna.
- C'est Papa ! Excuse-moi, Mathias !
Lorsqu'il le vit s'éloigner pour parler à son père d'une manière aussi enjouée, il ne put s'empêcher d'avoir une pointe de jalousie. Il n'avait jamais eu l'once d'une relation affectueuse avec le sien. Il l'enviait d'avoir un père aimant sur lequel il pouvait compter.
Lorsqu'il revint en raccrochant, Anthony avait un visage grave et chargé de reproches.
- Mon père vient de me dire... pour cette fille retrouvée au corso, assassinée !... Les flics ne se sont même pas donné la peine de m'avertir !!!
- Je voulais le faire moi-même, de vive-voix ! C'est pour cela que je suis venu te voir...
- C'est ce loup, n'est-ce pas ? Papa a lu sur le journal que les témoins ont parlé d'un homme déguisé en loup. Il faut que vous le retrouviez, toi et ton équipe ! J'aimerais le tuer de mes propres mains ! Il est diabolique, je n'arrive pas à oublier ce qu'il a infligé à ma femme, sous mes yeux. J'étais impuissant, je ne m'en remettrai jamais ! La seule chose qui pourrait me soulager un peu c'est que vous l'empêchiez de recommencer une troisième fois !

Annabelle ne méritait pas une chose pareille, c'était une femme merveilleuse et je me sens coupable de n'avoir rien pu faire !
Lorsque Anthony fondit en larmes, Mathias osa à peine s'approcher de lui. Il lui posa la main sur l'épaule. Ce n'était pas le moment de jouer l'amant transi. Il voulait lui montrer qu'il était un flic à la hauteur et que la police était là pour mettre un terme à ce carnage sordide.
Il sortit discrètement, sans même l'embrasser. Volontairement. Il voulait le laisser seul avec sa blessure de veuf.
Il fonça au Commissariat où la réunion avait probablement commencé sans lui.
Il était prêt à subir les admonestations de ses supérieurs. Il se promettait à présent de foncer bille en tête dans l'enquête. Il savait qu'il n'avait pas encore donné sa pleine mesure ! Il était temps qu'il prenne conscience qu'il était un super flic et qu'il ne devait pas se perdre totalement dans les sentiments puissants qu'il éprouvait pour Anthony.
En roulant sur la Promenade des Anglais, il alluma l'autoradio pour voir de quelle manière spectaculaire les journalistes allaient s'emparer de l'affaire du Carnaval et à quel point ils allaient exacerber les conditions de la psychose. Il ne fut pas surpris d'entendre de sordides phrases toutes faites sur l'assassinat de la jeune Morgane, assortis de témoignages plus éplorés les uns que les autres, histoire de bien faire monter l'angoisse des auditeurs. Les commentateurs y allaient de leurs propres hypothèses, aussi nauséabondes les unes que les autres, versant dans

un pathos qui n'était pas utile, au-delà de la situation tragique qui se suffisait à elle-même. Lorsque l'un d'entre eux se mit à aborder l'inertie de la police niçoise, il éteignit le poste et déclencha sur son lecteur CD le concerto de piano n°2 de Rachmaninov, qui, mieux que tout autre commentaire, convoyait la triste empathie qu'il éprouvait à l'égard de la victime.

Arrivé devant les locaux de la P.J. d'Auvare, il mit un terme à cet intermède musical et se prépara psychologiquement à affronter le Procureur, et toute la réalité professionnelle qui l'attendait.

Il entra sans frapper dans la grande salle où se tenait la réunion, mais à sa grande surprise, son arrivée n'attira l'attention de personne. Son grand retard ne fut déploré par aucun des membres qui constituaient l'équipe autour de cette affaire.
Ils étaient tous en train de parler du Lieutenant Massa dont le Procureur regrettait le départ inopiné de la grande Maison.
- Mathias, vous n'avez pas de nouvelles du Lieutenant Massa ? Il faut mettre la main sur lui ! Il était le seul, dans cette fichue baraque à pouvoir régler une affaire comme celle-ci ! Le seul à trancher le nœud gordien de cette affaire avant qu'elle ne prenne des proportions encore plus dramatiques, avec un tueur en série qui, a priori, ne compte pas en rester là. Agitez-vous un peu ! On n'a aucune piste ! Vous n'êtes pas payé pour me présenter votre tête d'ahuri !

Mathias s'empourpra et monopolisa toutes ses forces pour s'empêcher de rétorquer violemment. Il ressortit en claquant la porte. C'était bien la première fois qu'il réagissait aux foudres du Procureur, mais il considérait qu'une porte fortement secouée était un bon début, pour quelqu'un qui avait décidé de ne plus se laisser faire. Il se sentait tellement blessé, humilié dans son orgueil. Il revit en mémoire ses collègues qui le regardaient avec une sorte de pitié qui l'avait embarrassé au plus haut point. Certes, il sentait bien qu'il n'avait ni le caractère bien trempé du Lieutenant Massa ni sa fibre exceptionnelle de fin limier, mais il avait de sacrées velléités de prendre sa relève et savait qu'un jour il y arriverait, à force de s'imposer et d'aguerrir son caractère.

Le Procureur avait tort de penser que le Lieutenant Massa était le seul à résoudre cette affaire. Il y avait bien quelqu'un d'autre qui était aussi doué, sinon plus, et qui l'aiderait peut-être...
Sans plus réfléchir à la question, il fonça à la Maison d'Arrêt de Nice.

Chapitre 12

Les murs gris, les grillages rouillés, les faméliques barbelés, et fenêtres à barreaux. Le décor désolé de la prison s'imposait inexorablement dans cette rue de la Gendarmerie. Devant le portique il montra sa carte de police et le gardien le laissa pénétrer à l'intérieur de l'enceinte. Il se mit à penser qu'il fallait montrer plus souvent des photos ou des vidéos de centres pénitentiaires au public, beaucoup de petites frappes réfléchiraient avant de passer à l'acte.

Arrivé devant l'accueil du quartier des femmes, il demanda à voir la détenue Meggy Ker-Benson de toute urgence.

Cette fameuse profileuse américaine, d'origine française, qui, rentrée des États-Unis, avait donné des coups de main à la P.J. du Quai des Orfèvres à Paris et qui remportait la meilleure place dans le classement des meilleurs limiers de France.

Celle qui, un an auparavant, s'était mesurée au Lieutenant Massa.

Celle qui avait sacrifié son talent de professionnelle, pour une affaire d'orgueil. Celle qui avait mis en scène un meurtre. Juste pour confondre son collègue dont elle voulait prouver le manque d'efficacité dans cette affaire.

Celle qui, tout à son plan diabolique, n'avait pas eu le flair nécessaire pour débusquer le vrai coupable : son rival d'orgueil. Le Lieutenant Massa, lui-même ! L'homme que personne ne soupçonnait !

Celle enfin, dont on se plaisait à dire qu'elle avait fini par perdre, elle-même, la tête, et qui répétait inlassablement, sans qu'on ne l'écoutât jamais une seule seconde, que le Lieutenant Massa, lui avait fait l'aveu de sa propre culpabilité.

Elle n'avait jamais oublié le jour où celui-ci était venu lui rendre visite dans sa cellule, en affichant un air conquérant. Pour mieux l'écraser dans sa défaite. Mais surtout pour avoir le plaisir pervers de murmurer à son oreille qu'il avait été plus fort qu'elle. Que sa supériorité était telle qu'il avait tout orchestré depuis le début, en élaborant un plan machiavélique.
Une mise en scène effrayante. Celle de sacrifier, tel un tueur en série, cinq innocents, qu'il n'avait pas hésité à décapiter afin que le Commissaire Bertin prenne la décision de faire appel au talent de Meggy pour élucider cette affaire qui requérait sa compétence hors-norme.
Le Lieutenant Massa allait enfin pouvoir mettre à mal la solide réputation de cette Américaine, se mesurer de près à elle, et prouver qu'il était le meilleur des deux.

Mathias Michaud, attendit trois quarts d'heure avant qu'on ne le laisse enfin entrer. Il n'était pas inscrit sur la liste des entrants et surtout il n'était, pour le moins, pas attendu du tout. Il dut remplir le formulaire de demande de visite au parloir, cela lui prit un temps fou.

Il était impatient de voir Meggy, de lui parler. Il n'avait aucun doute sur le fait qu'elle ne refuserait pas de lui consacrer un entretien.
Visiblement, il dérangea la surveillante qui, avec une tête longue comme celle d'un basset artésien, alla chercher en maugréant la fameuse Meggy pour lui aboyer dessus.

- Ker-Benson ! Visite ! Lieutenant Michaud !

Certes dans l'univers carcéral, les injonctions des gardiens sont loin d'être poétiques.
Meggy, qui, comme tout le monde, avait fini par en prendre l'habitude, se leva d'un bond, interrompant l'errance de ses pensées. Elle ne s'attendait pas du tout à cette visite. Du reste, elle ne recevait jamais de visites. Même sa propre mère depuis qu'elle avait considéré que sa fille était folle, n'était pas revenue une seconde fois après son arrestation.
Mathias s'était installé au parloir, il appréhendait de la revoir, après tout ce temps. L'impression qu'il avait eue, la dernière fois qu'il l'avait vue, depuis son incarcération, l'avait marqué tant elle était décharnée. Elle ressemblait à un oiseau de malheur. Elle délirait sans cesse, répétant inlassablement le nom de Massa, serrant les dents, et s'arrachant, par poignées, les cheveux. Où était la coquette Meggy qui cueillait alors les hommes avec arrogance ?

Quand elle entra, il se rendit compte immédiatement que le temps avait encore aggravé les choses. Et sans aucun doute aussi, ses conditions de détention dans cet univers carcéral, qui était à mille lieues de sa vie passée.

Elle était maigre à faire peur, et avait du mal à marcher. Elle avait un visage boursouflé, une lèvre tuméfiée. Ses bras étaient constellés d'ecchymoses. L'univers chaotique dans lequel elle survivait lui laissait les traces d'un combat impitoyable qu'elle menait quotidiennement.
A la vue de Mathias, son regard, pourtant terni par l'épuisement, se mit à scintiller de gratitude et d'enthousiasme.

Il se leva et ne put s'empêcher de la serrer délicatement dans ses bras. C'était sa façon instinctive de lui manifester la sincérité de son empathie et un peu aussi sa culpabilité de n'être jamais revenu la voir. Il ne connaissait que trop son caractère qui ne souffrait pas de propos hypocrites, alors il évita de se confondre en excuses variées et complexes.

Elle prit la parole la première.

- Vous avez changé Mathias. Vous êtes plus sûr de vous. Vous avez gagné en assurance. C'est bien. Votre visage est en train de se marquer. C'est moins bien. Mon pauvre ami, en une année vous avez dû voir plus de morts qu'un pompier intervenant sur une autoroute ! Et comment va ce salopard de Massa ?
Mathias se dit qu'elle n'avait pas perdu sa vindicte à l'encontre de celui qu'il considérait toujours comme

son chef. La rengaine haineuse allait recommencer. Le venin était toujours là, entretenant son délire de persécution.

- Depuis quelques jours, le Lieutenant Massa a quitté la Police et...
- *What ! My god*, je n'y crois pas du tout, c'est impossible, que me dites-vous là ? Massa a démissionné ?
Meggy criait comme une folle, elle saisit le poignet de son visiteur et planta son regard de furie dans le sien.
- Écoutez-moi ! Écoutez bien ce que je vais vous dire. Je suis une profiler sans failles, et vous le savez. Mais je sens les choses aussi, mais ça, c'est au-delà de ce que vous pouvez imaginer.

Mathias savait bien qu'elle avait résolu quelques énigmes criminelles grâce à son instinct particulier, sans qu'on eût pu jamais savoir comment elle s'y était prise, mais là, il était peu disposé à se mettre à l'écouter car elle semblait entrer dans une crise de démence.
D'un seul coup d'œil, Meggy avait saisi le cheminement des pensées de Mathias. Si elle ne se calmait pas, jamais il ne prendrait en compte son discours, alors il fallait qu'elle se rasseye immédiatement.
Ce qu'elle fit en prenant son inspiration et en s'appliquant à structurer son discours.

- Je sais que je ne ressemble plus à rien, mais il faut que vous me fassiez une confiance absolue. Je sais que vous ne l'avez pas perdue totalement sinon, vous ne seriez pas venu me voir. Mon esprit n'a rien perdu de son acuité. Je peux vous le jurer.

Forte de son bon droit outragé, elle avait, à présent, retrouvé une voix professionnelle et posée. Et quand elle perçut chez Mathias une disponibilité d'écoute, elle commença à dresser son réquisitoire contre le Lieutenant Massa.

- Si Massa a quitté la police, c'est qu'il lui est arrivé quelque chose de grave ou qu'il a fait quelque chose de grave. Moi je sais qu'il a fait des choses très graves... mais j'y reviendrai plus tard, là je veux vous livrer des impressions qu'induit mon instinct.
Voyant que Mathias commençait à amorcer une expression agacée, elle fit un geste péremptoire vers lui pour l'empêcher de rétorquer.

- Vous m'apprenez que le Lieutenant Massa quitte la police, au moment même où un tueur en série sévit à Nice. Alors, d'instinct, moi, je vous dis qu'il est impliqué dans ces crimes odieux. Vous écarquillez les yeux, parce que vous croyez que je parle de celui que vous connaissez, le Massa qui est votre maître à penser. Moi je vous parle de Massa, le tueur. Celui qui a tué et décapité cinq innocents pour pouvoir me faire tomber dans un piège. Je ne suis pas en train de vous dire que je suis moins coupable que lui, moi aussi j'ai tué. Et pour les mêmes raisons que lui. Et je suis en train de le payer. Moi aussi, je voulais le piéger, et lui faire endosser mon crime. Et j'étais à mille lieues de penser qu'il m'avait précédée et qu'il avait organisé cette grande tuerie juste pour pouvoir me mettre à bas. La névrose de notre rivalité nous a entraînés tous deux dans une folie meurtrière. Je sais que la sentence va être lourde pour moi, et que je vais rester là pendant un bon nombre d'années. Je le sais que je dois être punie et mise en marge de la société, hors d'état de nuire, le plus longtemps possible. Oh, tout ça je le sais, mais dites-moi, qui va se charger de la prévention de la récidive d'un tueur tel que le Lieutenant Massa ? Qui vous dit qu'il n'a pas sombré dans une spirale récidiviste ? Qui vous dit qu'après ces horribles meurtres il n'y a pas pris goût ? Moi, je peux vous dire que depuis que je suis ici, je me suis encore plus aguerrie. Je peux vous dire que le caractère criminogène de la prison n'est pas une légende et qu'elle entretient mes rêves de tuer de mes propres mains le Lieutenant Massa. Seul son sang pourrait cautériser mes blessures. Son sang, ou son arrestation.

Aux yeux de Mathias, Meggy avait retrouvé toute sa prestance, son autorité. Seul, son discours lui paraissait complètement surréaliste. Elle était mue par une haine qu'elle ne pouvait pas retourner contre elle-même, pour ne pas fissurer la muraille de son déni. Elle avait été arrêtée, étant considérée par la police comme la seule coupable de cette série de crimes odieux. Ses accusations contre le Lieutenant Massa relevaient de la folie pure.

Avant même que Mathias puisse ouvrir la bouche pour l'interrompre, Meggy enchaîna sur l'affaire des têtes coupées.

- Je n'ai tué qu'une seule personne ! Pour les autres cadavres, c'est Massa le coupable, il m'a tout avoué au parloir, c'est lui l'auteur des meurtres.

Mathias avait l'impression d'entendre une litanie, et il ne put réprimer un soupir d'agacement.
- Après mon incarcération il est venu me voir au parloir pour m'apporter son soutien. Je lui ai juré que je n'y étais pour rien pour les autres assassinats qu'on m'imputait, que je n'avais tué que le prostitué. C'est à ce moment-là qu'il m'a prise dans ses bras et qu'il a murmuré ces révélations horribles à mon oreille. « Meggy je suis le seul à croire à votre innocence car c'est moi qui ai décapité les autres. Je voulais vous prouver que j'étais le meilleur. J'ai voulu vous mettre à l'épreuve mais je ne pensais pas que la partie allait être aussi facile, j'étais loin de me douter que vous alliez commettre autant d'erreurs et vous faire coffrer à votre première victime. Vous voyez, même en tant que tueur, je suis le meilleur. Je suis assez satisfait de mon score. 5 contre 1. Le plus comique dans cette histoire, c'est que vous pourrez toujours la raconter, personne ne vous écoutera. Tout le monde vous prend pour une détraquée, surtout depuis que votre mère a révélé à la presse, qu'à sa visite au parloir, elle avait constaté avec effroi que sa fille avait perdu la raison. »

Mathias se leva. Il était épuisé. La nausée l'empêchait de dire un seul mot. Du reste, en cet instant que pouvait-il trouver à dire à Meggy ? Il n'était pas question de s'inscrire dans son discours pathologique. Dire qu'il était venu dans l'espoir qu'elle l'éclaire de ses lumières pour son enquête qui piétinait !

Il avait juste perdu beaucoup trop de temps avec cette folle qui croyait dur comme fer à toutes ces élucubrations. S'il s'était agi du profil d'un tueur lambda sur lequel ils auraient échangé des impressions, Mathias n'aurait pas été choqué par son esprit retors qui faisait sa réputation et qui était le cheval de bataille de cette profileuse. Mais là il s'agissait du Lieutenant Massa. L'introuvable Lieutenant Massa, avec qui il aurait bien voulu discuter de ces crimes. Avec qui il aurait échangé des plaisanteries sur les propos délirants de Meggy !

Il vouait à cet homme une admiration professionnelle sans bornes, et il était frustré de réaliser que si celui-ci avait pris l'affaire en mains, il aurait sans doute prouvé, une fois de plus, ses compétences hors pair.
Pourquoi lâchait-il la police au moment où elle avait besoin de lui comme jamais ?

Il voulait juste partir, loin d'ici. Il pensa à Anthony, dont la douce image qui semblait anachronique dans cette atmosphère pesante, dans ce sinistre cadre, lui mettait un peu de baume au cœur.

Il fut vite interrompu par la main de Meggy qui harponna son bras.

- Mathias, je vous en supplie, donnez-moi l'occasion de vous prouver que je ne suis pas folle !

Mathias retira, lentement et avec beaucoup de compassion, cette main qui s'accrochait désespérément à lui. Il ne trouvait aucun mot pour exhorter cette femme à se calmer. Il se leva pour signifier qu'il mettait un terme à sa visite, mais elle n'avait pas l'intention d'en rester là.

- S'il-vous-plaît, permettez-moi de vous apporter mon aide, celle que vous étiez venu chercher. Faites en sorte qu'on puisse mettre à ma disposition un ordinateur avec une connexion internet. Faites-moi confiance, transmettez-moi les dossiers concernant les meurtres. Je vous en supplie... Mathias, écoutez-moi !

La gardienne vint maintenir Meggy qui s'accrochait à Mathias pour l'empêcher de quitter le parloir.

Chapitre 13

Mathias regretta de n'avoir donné aucune suite à la requête de Lucian Berbec.

Mathias regretta de ne pas s'être inquiété de la disparition du gendre de Lucian Berbec.

Mathias regretta d'avoir été aussi négligent.

Peut-être aurait-il pu empêcher la mort de Lucian Berbec.

Il avait pourtant relevé dans l'expression du visage de ce vieux Roumain une détresse qui aurait dû l'inquiéter davantage, qui aurait dû le mobiliser pour retrouver son gendre Alexandru.
Une recherche dans l'intérêt des familles devait être mise en place. Elle aurait dû l'être...

Quelqu'un avait assassiné Lucian Berbec.

Mathias et l'agent Nico étaient de service cette nuit-là. Ce dernier, qui venait de prendre l'appel, était entré, avec son air bravache, dans le bureau de Mathias.
- Chef ! Vous vous souvenez du vieux Polonais qui cherchait son gendre ? Lucian machin... là ! Eh ben, il vient de se faire buter devant le Blacas ! J'vous avais dit moi, tout ça, c'est Mafia et compagnie !

Mathias s'était levé d'un bond ! En une poignée de secondes, son effarement s'était mû en une colère qui ne pouvait que se retourner contre cet abruti qui avait toujours le bon mot pour la déclencher. Il était tellement indigné que sa protestation, bien que manquant d'argumentaire, résonnait dans tout le commissariat.

- Lucian Barbec n'est pas polonais, il est roumain !!!
- Bah, il n'est ni roumain, ni polonais, chef ! Là, il est mort, chef !

Pour ne plus subir les inepties de l'agent Nico qui commençait à se fendre de son rire de hyène, Mathias prit ses clés et se mit à dévaler l'escalier qui le conduisait vers la sortie. Ce qui n'empêcha pas l'autre de lui envoyer à la cantonade ce qu'il considérait sans doute comme le sommet de son humour.

- Hé Chef ! Le Blacas, c'est à la rue Blacas ! Z'avez qu'à suivre les traces de sang, il paraît que le vieux Roumain il a saigné comme un bœuf !

Chapitre 14

Le lendemain du drame, Mathias avait encore à l'esprit l'image du trottoir ensanglanté sur lequel gisait le corps transpercé de coups de couteau du Roumain, Lucian Berbec.

Il n'y avait aucun témoin. Même le patron du Blacas n'avait pas vu qu'il s'était passé quelque chose devant son restaurant qui était plein à craquer cette nuit-là, et il n'y avait personne dehors pour voir quoi que ce soit à ce moment-là. L'assassin avait été discret et efficace. La police avait d'emblée conclu à un règlement de compte.

La police avait contacté aussitôt Nina Berbec pour l'avertir de la mort de son père.
Mathias l'attendait avec fébrilité, elle devait arriver d'un instant à l'autre. Il avait sous les yeux le maigre dossier qu'il avait constitué à la requête de ce pauvre vieux Roumain qui s'inquiétait de la disparition de son gendre.
Il feuilleta le document. Des lettres du jeune disparu adressées à Nina. Des dessins d'une maison, d'une piscine et d'une cabane.

Il attendait également le policier interprète qui avait été mandaté pour traduire les lettres du Roumain.
En attendant il se saisit de son portable, mû par un désir soudain d'entendre la voix d'Anthony qui lui manquait.

Leur dernière entrevue avait mis en pièces le cœur de Mathias. Comme il n'avait plus eu de nouvelles depuis plusieurs jours, il était passé chez lui sans le prévenir.
Son arrivée inopinée avait été très mal accueillie. Anthony l'avait laissé sur le pas de la porte, sans payer de retour l'enthousiasme que Mathias affichait. Il prétextait qu'il était occupé, que le moment n'était pas bien choisi... Mais lorsque Mathias fit valoir son inquiétude d'être resté sans nouvelles, et sa préoccupation pour sa sécurité, il lui avait répondu, d'une voix ferme et sans appel, qu'il ne voulait pas être harcelé. Devant la mine pour le moins déconfite de Mathias, il lui avait promis qu'il le rappellerait juste avant de lui claquer la porte au nez.

Depuis ce jour, Mathias lui avait laissé de nombreux textos et messages sur son répondeur afin d'avoir des explications et celui-ci n'avait pas donné le moindre signe de vie.

Il composa le numéro de téléphone, en tremblant d'appréhension mais tomba sur le répondeur qui lui donna encore l'occasion d'entendre la belle voix d'Anthony, ce qui exacerbait davantage sa frustration.

C'est alors que la jeune Nina Berbec apparut devant la porte ouverte du bureau de Mathias. Elle était harassée de fatigue et de chagrin. Elle tenait un bébé dans les bras. Mathias se leva et l'invita à s'asseoir. Le policier interprète arriva aussitôt.

Mathias le chargea de présenter ses condoléances ; sa compassion était d'autant plus sincère qu'il se reprochait bien des choses.
L'interprète traduisit presque simultanément les remerciements de Nina qui lui dit aussi que son bébé s'appelait Lucian comme son grand-père. Lorsqu'elle se mit à sangloter, il n'était nul besoin de décoder ces mots qui étaient inexorablement ceux de la souffrance universelle.

Elle lui remit les deux lettres que son père lui avait envoyées en Roumanie. L'interprète se mit à les traduire à haute voix avant de s'apprêter à les consigner. Sur les instructions de Mathias, il dit en roumain à Nina que le Procureur s'était saisi immédiatement de l'enquête sur la mort de Lucian Berbec, et que la police entreprenait des investigations soutenues pour élucider la disparition de son fiancé Alexandru.
Ces deux affaires se recoupaient probablement et les moyens qui avaient été mis en œuvre s'orientaient dans ce sens.

Après une bonne heure de conversation croisée avec l'interprète, Mathias raccompagna Nina à la porte et ne put s'empêcher de plonger son regard dans celui du bébé. Dans celui de l'insoutenable et extrême innocence qui ignorait encore le mal.

Chapitre 15

La Police scientifique ébranla toutes les convictions que les enquêteurs nourrissaient à propos de l'auteur du crime de Morgane.
En attendant les résultats des prélèvements d'ADN, la Police pensait qu'elle avait affaire au même tueur. Même mise en scène, même signature que le crime de la villa à Cimiez.

Mais la nouvelle était tombée irrévocablement : il y avait un nouvel ADN pour cette affaire, donc un nouveau tueur.
Ils étaient deux. La police allait doublement être vigilante.

L'équipe de la P.J. était déjà sur les dents, elle n'allait pas chômer et les manques d'effectifs allaient continuer à se faire ressentir. Il fallait, de toute urgence, établir une organisation titanesque pour faire face à ces événements sordides.

S'il y avait deux tueurs, entraînés l'un par l'autre, la série ne s'arrêterait pas là. Ces ADN inconnus dans le fichier des empreintes génétiques cachaient deux fantômes qui n'allaient pas faire dans la dentelle.
Encore traumatisés par l'affaire des têtes coupées qui s'était passée un an auparavant, les Niçois eurent beaucoup de mal à digérer le crime d'Annabelle et celui de Morgane.

Mais la paire de tueurs n'avait pas attendu que la population se remette de ses émotions.
La nouvelle épouvantable était tombée comme l'annonce d'un horrible cataclysme : le cadavre nu d'une jeune fille avait été retrouvé, au petit matin, sur la plage de Nice.

Julia avait été sauvagement violée avant d'être éventrée. Même mode opératoire, même signature. En bonus, un assemblement funéraire de galets empilés et de fleurs séchées avait soigneusement été élaboré autour de la dépouille. Sans doute pour mieux sacraliser l'acte que le tueur venait d'accomplir.
L'analyse de l'ADN du tueur avait été faite, toutes affaires cessantes, au Laboratoire de la Police Scientifique de Marseille. Et les résultats avaient été comparés immédiatement à l'ADN du tueur d'Annabelle et de celui de Morgane. Seules les traces d'ADN du tueur de Morgane correspondaient.

La presse de tous bords, qui ignorait encore qu'il y avait deux tueurs sur le coup, entretenait encore le mythe du loup sanguinaire. Les gros titres donnaient dans le sensationnel. « *Le loup a croqué Annabelle, Morgane et Julia !* », « *Au Loup ! Au loup !* », « *Un loup-garou à Nice* » etc... En 24 heures, s'était installée une véritable psychose dans la ville.
La plupart des jeunes Niçoises qui s'étaient imposé, d'elles-mêmes, de drastiques couvre-feux depuis

ces deux crimes odieux, furent anéanties en apprenant que le Loup avait encore frappé.
Craignant de faire partie de la liste de ses prochaines victimes, elles se terraient carrément chez elles à se gaver d'informations télévisées en boucle.

Seul l'assassin était au paroxysme de sa jubilation.

Il était encore émoustillé de sa dernière partie de plaisir.

Il avait repéré Julia à Polygone Riviera, dans le Quartier des Arcades.
Il l'avait observée de loin et ne l'avait plus lâchée jusqu'à ce qu'elle aille à sa voiture ; ils n'étaient pas garés très loin l'un de l'autre. Il démarra en même temps qu'elle.
Il était prêt à la suivre au bout du monde, mais il n'eut que quelques kilomètres à faire pour atteindre les hauteurs de Cannes, à l'amont d'un village où elle se gara dans un petit parking.
Il n'y avait qu'un bâtiment dont les larges baies indécentes mettaient à nu d’immenses murs de miroirs coupés par une longue barre de danse.

Il se gara lui aussi et attendit dans sa voiture en prenant du plaisir à écouter la musique qui s'échappait du local de danse. Les notes du Lac des Cygnes sur lesquelles de minces jeunes filles s'entraînaient avec beaucoup de discipline.
Au bout de quelques minutes, il vit apparaître Julia au milieu du groupe.

Elle était belle à couper le souffle dans son body blanc qui marquait sa silhouette de poupée. Elle posa sa main délicate sur la barre et entra tout doucement dans le rythme de Tchaïkovski. Elle se pliait, s'étirait et se déliait sous les ordres barbares de son professeur, une petite bonne femme à l'allure retenue qui l'avait rejointe et qui lui malmenait les jambes jusqu'à l'écartèlement, sans qu'aucune expression de souffrance ne vînt transfigurer le visage de la danseuse.
Pendant plus d'une heure, elle subissait les assauts de son professeur avec la bravoure d'une condamnée consentante, absorbait les consignes et exécutait les mouvements avec la rigueur extrême que seul confère un engagement plein et entier. Elle soumettait son corps, le domptait et l'asservissait jusqu'à l'ultime tourment qu'elle couronna d'une gracieuse révérence avant de quitter la salle de danse.

Il aurait voulu la remercier de ce spectacle qu'elle lui avait offert. Il était épris comme un fou. Et il comptait bien le lui montrer de manière expressive !
Il la suivit à Nice, jusqu'à la Promenade des Anglais qu'elle reprit dans le sens opposé à la hauteur de Magnan. Il la vit s'approcher d'un immeuble cossu et actionner la télécommande de la porte basculante du garage attenant.
Il connaissait son adresse. Il était excité comme un enfant ! Il se fit la promesse de passer son temps à des investigations minutieuses sur Julia, ce qui s'avérait être, pour lui, une source de plaisir supplémentaire à son projet mortifère.

Pour sa méthode d'approche, il avait préparé une mise en scène qui la mettrait en confiance. Il était prêt et même impatient de l'embobiner, fût-elle la victime la plus méfiante du monde.
Il lui fallait un complice. Avec une belle petite gueule. Jeune, très jeune. Il avait eu du mal à le trouver, mais avait fini par dénicher la perle rare. Hanko lui avait fait dépenser un peu d'argent, mais il jouerait le jeu à la perfection. La belle ne se méfierait pas de lui...

Du reste, qui pourrait se méfier d'une petite boule de poils inoffensive ? D'un chiot au regard tendre, d'une petite bête qui se love dans une seule main ?

C'était en début de soirée. L'assassin avait auparavant épié sa victime. La danseuse était étudiante à la Faculté de Droit à Nice. Elle était célibataire et n'avait pas d'amis. Son caractère austère ne devait pas beaucoup plaire aux jeunes de son âge. Pour l'avoir observée des heures durant, dans la rue, il avait remarqué son intérêt pour tous les chiens qu'elle y croisait.
Il connaissait également quelques-unes de ses habitudes quotidiennes. Par exemple, c'est vers 21 heures que Julia sortait sa poubelle. Certes, le lieu ne se prêtait pas vraiment à un premier rendez-vous galant, mais le prédateur avait son plan.
Il avait loué une voiture sur laquelle il avait mis un caducée d'infirmier qui paraissait des plus authentiques. Il se gara en bas de l'immeuble et se mit à attendre patiemment sa victime.

Celle-ci descendit sa poubelle aux alentours de 21 heures, comme il l'avait prévu. Elle avait planté un crayon dans ses cheveux pour les maintenir en chignon et portait un survêtement gris qui ne lui ôtait pas pour autant son élégance naturelle.

Elle était bien plus jeune qu'Annabelle, et encore plus jolie que Morgane.
- Bonsoir, Mademoiselle, puis-je vous demander un petit service ? Je viens de trouver à l'instant cette petite bête qui couinait dans la poubelle. Ce chiot est blessé, je vais le panser moi-même dans ma voiture, je suis infirmier. Pourriez-vous avoir la gentillesse de monter me chercher un peu d'eau. Il est complètement déshydraté...
Julia lui coupa la parole tant elle était émue à la vue de la beauté fragile de cet animal. Sa tendre compassion était tellement sincère qu'elle en avait les larmes aux yeux.

- Le pauvre petit bébé ! Comme il est mignon. Voulez-vous monter dans mon appartement ? Vous y serez plus à l'aise que dans votre voiture pour vous occuper de lui. Il a de la chance que vous soyez passé par là.
- Oui, je sortais de chez mon dernier patient à Magnan, j'allais récupérer ma voiture, lorsque j'ai entendu des petits cris qui provenaient de la poubelle. C'est gentil à vous. J'en profiterai pour me laver les mains.
Pendant qu'ils prenaient l'ascenseur pour monter chez elle, il lui expliquait, aussi bien que le ferait un

infirmier, que la blessure du chiot n'était pas conséquente mais qu'il fallait vite le désinfecter.
Alors qu'elle se penchait vers le petit blessé, le faux infirmier regardait Julia dont il avait envie de mordre le cou à pleines dents. Il n'était pas surpris de l'entendre fustiger encore et encore « ces gens sans cœur qui avaient osé jeter un chiot dans une poubelle !
- Oui, c'est vrai, c'est lamentable ! Ce pauvre petit animal a beaucoup souffert, mais on va lui sauver la vie. Heureusement, Mademoiselle, que vous êtes là, vous aussi. Il faut vite le faire boire.

Lorsqu'ils furent entrés dans l'appartement et qu'elle lui indiqua la salle-de-bains, le tueur savait que la première étape de son approche de confiance était franchie avec brio.
Le lieu de vie de la jeune fille était tout à son image. Un deux-pièces arrangé avec goût, ordonné et sage en couleurs. Un bureau où s'empilaient des livres de droit avec un ordinateur qui affichait en fond d'écran l'image d'une danseuse étoile.
Suspendu à la bibliothèque chargée de livres d'art, un alignement de chaussons de danse se balançait, tête en bas comme autant de pendus en loques de satin.
Accroché à la chaise du bureau, un sac rose fuchsia qui arborait un « Repetto » étincelant, et d'où s'échappaient pêle-mêle des tenues exclusivement dédiées à la danse.
Une étagère était encombrée de photos de famille joyeusement idylliques !

Papa et Maman au golf, Papa et Maman devant leur grande piscine, Papa et Maman aux sports d'hiver, avec, toujours au milieu d'eux, leur petite fille chérie.

Il était facile d'imaginer que ses parents prenaient entièrement en charge ses études de droit, ses cours de danse sur la Côte d'Azur, et son installation dans ce coquet appartement avec une vue directe sur la mer. Ils étaient, sans nul doute, trop heureux de faire en sorte que leur fille unique puisse se préparer confortablement, et au soleil, une carrière à la hauteur de leurs espérances. « Oui, Julia, tu peux danser, si ça t'amuse, mais tu dois décrocher ton Doctorat de droit, comme Papa ! » avait dû dire Maman.

Ils allaient être fort surpris de voir que les moyens mis en œuvre pour assurer le brillant avenir de Julia, allaient perdre toute leur rentabilité !
Ayant suivi toute la semaine sa future victime, il avait observé qu'elle descendait souvent de chez elle pour s'asseoir sur une des chaises bleues de la Promenade des Anglais. Elle scrutait sans cesse l'horizon brillant de la mer, rêveuse et solitaire.
Pendant que Julia, pleine de sollicitude, remplissait une gamelle d'eau pour le petit blessé, le sauveur s'appliquait à donner la parfaite illusion d'un bon infirmier, avec, en bonus, un cœur plein de compassion pour ce petit chiot.
Sous les yeux attentifs de la jeune fille, il pansa et désinfecta avec beaucoup de minutie l'entaille que

le chiot avait sur le flanc. Une entaille pas très profonde que le faux infirmier avait faite lui-même volontairement pour parfaire sa mise en scène. Il n'avait reculé devant rien. L'enjeu en valait largement la chandelle et ce petit chien ne valait rien du tout.Ce qui ne l'empêcha pas de jouer le grand jeu.

- Voilà un petit orphelin que j'aurais bien adopté, mais avec mon travail d'infirmier qui me prend tout mon temps, j'aurais du mal à le rendre heureux. Et vous Mademoiselle ? Ça vous dirait de devenir sa maman ?
Pour finir de la convaincre, il lui tendit le petit animal qu'elle saisit dans ses bras tendrement. Elle était aux anges et le serra contre sa poitrine. Elle ressemblait à une enfant sans défenses à qui on offrait un cadeau inédit.

- Je vais l'appeler Kazan, comme le chien que j'avais lorsque j'étais petite ! Je l'aimais tellement que je n'avais jamais imaginé que j'allais le perdre un jour... Quant à vous, je vous interdis de me dire encore Mademoiselle ! Je m'appelle Julia, et vous ?
- Moi, je m'appelle Valentin !
Il n'y était pas allé de main morte, pour le choix du prénom. C'est doux Valentin, c'est délicat, comme une promesse de loyauté.

Julia et Valentin avaient partagé un repas improvisé dans la cuisine. Au menu, tutoiement et fous-rires, magnifique prélude aux festivités que le tueur avait programmées. Ils s'étaient ensuite installés dans le

salon, à caresser le chien, à se raconter leur enfance, à renforcer tendrement leur amitié naissante.
Lorsque celui-ci se leva vers 2 heures du matin, et qu'il enfila sa veste, la déception de la jeune fille avait fait disparaître d'un coup la sérénité de son visage. C'était pour lui le moment de l'épingler.

- Tu ne vas pas partir maintenant ? Elle était frustrée, vexée, presque en colère. Comme une enfant gâtée qu'elle était. Comme une enfant solitaire qui venait enfin de se trouver un ami et qu'on allait lui enlever.
- Partir ? Non, je suis trop bien en ta compagnie !

Son nouvel ami venait de lui redonner un souffle d'air. Elle avait retrouvé son sourire de petite fille rassurée. Il n'avait plus qu'à lui tendre la main et lui souffler l'idée de prendre son manteau pour venir faire avec lui quelques pas sur la plage...

Rajaa

Rajaa était allongée sur sa paillasse depuis de nombreux jours. Elle avait soif, elle avait faim, elle ne savait pas si c'était le jour ou si c'était la nuit ; pour elle, c'était la noirceur des ténèbres. Alors, d'une petite voix faible, elle chantait, elle chantait, elle chantait...

« Attends, attends, ma toute petite, le soleil
va s'allumer pour toi.
Attends, attends, ma si jolie, la rivière
va s'enflammer pour toi.
Attends, attends, ma petite fille, attends encore
et les étoiles luiront pour toi. »

Chapitre 16

Le Commissaire et le Procureur sortaient de chez Monsieur le Maire. Ils étaient dans la confusion la plus totale, la situation les dépassait l'un et l'autre et ils se sentaient impuissants face à ces psychopathes qui s'en donnaient à cœur joie et qui étaient insatiables.
Mathias avait un peu repris ses esprits. Il ne s'était pas totalement remis de ce sentiment d'abandon qu'il avait éprouvé lorsque le bel Anthony l'avait plaqué, mais il s'était jeté à corps perdu dans le travail. Son équipe était consciencieuse et menait sur tous les fronts le développement de cette enquête qui s'avérait plus que difficile.
Aucune piste, même la plus infime et la plus improbable n'avait été négligée.
Les heures de la police s'alternaient entre les réunions, les recherches, les visites aux témoins, la relecture des tonnes de rapports d'instruction de ces dernières affaires.
Tous les fichiers criminels avaient été écumés, les interrogatoires se succédaient sans relâche. Les locaux de la P.J. n'avaient jamais connu une telle effervescence.

Parfois, Nina, la jeune Roumaine passait au Commissariat, son enfant dans les bras, mais personne n'avait le temps de la recevoir. Nico, l'agent de la réception lui disait toujours que l'enquête sur la recherche de son fiancé, et celle du meurtre de son père étaient en cours.

Mathias l'aperçut une fois ou deux, mais il n'avait pas eu le cœur et encore moins le temps de la recevoir. Les consignes de priorité étaient strictes et sans appel, et lui-même n'avait dans la tête que l'ambition d'arrêter les tueurs au couteau à dépecer.

Des psychologues criminologues avaient été mandatés pour établir un profil de ces deux tueurs. Cela n'aidait pas beaucoup la police, car les rapports de profilage étaient bien différents entre eux. Le seul propos commun qu'on pouvait y relever était que le premier tueur était plus expérimenté et qu'il avait forcément montré sa méthode au second tueur qui était un novice du crime mais dont la sauvagerie laissait à penser qu'il y avait pris un goût et une addiction sans limites.
L'étude victimologie, qui avait été effectuée en amont avait révélé peu de points communs entre Annabelle, Morgane et Julia.
En dehors du fait qu'elles étaient très belles toutes les trois, rien de précis ne liait leur profil de victime.
La première était une libertine de 40 ans. Elle était brune. Elle avait un mari et avait été tuée en présence de celui-ci.
Morgane avait 30 ans. Célibataire. Blonde. Indépendante.
Julia, 22 ans, étudiante. Les cheveux châtains. D'un caractère réservé.

Un choix régalien que les tueurs s'étaient octroyé ! Une belle collection de victimes.

N'ayant trouvé aucune correspondance entre l'ADN relevé sur les scènes de crime et le Fichier National Automatisé des Empreintes Génétiques, les enquêteurs utilisèrent le fameux « *familial search* », une méthode qui leur avais permis d'élargir leurs recherches aux parents et à la fratrie des criminels. Un repérage dans le patrimoine génétique qui ne pouvait se faire que si les membres de la famille en question étaient eux-mêmes fichés.
C'est ainsi, d'ailleurs, qu'une affaire de viol doublée d'assassinat par étranglement avait été élucidée, à Paris deux ans auparavant. La police avait retrouvé le coupable car son père était incarcéré pour une affaire criminelle et fiché dans le Fichier National Automatisé des Empreintes Génétiques.
Mais à propos de l'affaire qui les préoccupait, visiblement la pêche n'avait rien donné, car apparemment, aucun des ascendants ou frères et sœurs des criminels recherchés n'était fiché ou passé par la case prison.

Rien, rien ne faisait avancer l'enquête.
Mathias était retourné voir Meggy Ker-Benson dans sa cellule.
Elle avait demandé à lui parler. Elle voulait l'aider dans son enquête et prétendait avoir fait un profil psychologique des tueurs.
Mais lorsque celle-ci lui dit que le Lieutenant Grégoire Massa était un des tueurs recherchés et qu'il avait même tué le jeune roumain Alexandru, Mathias avait tourné les talons se disant définitivement qu'elle était folle à lier.

Elle lui avait envoyé une série de mails pour le supplier de tenir compte de ses propos et autant de pièces jointes qui constituaient le rapport qu'elle avait rédigé. Lequel rapport Mathias ne s'était même pas donné la peine de lire, parce qu'il ne voulait pas rentrer dans le délire paranoïaque de son ancienne collègue. Il regrettait même amèrement d'être intervenu afin qu'elle puisse se servir d'un ordinateur. Il avait concédé à sa demande plus par pitié que pour lui permettre de travailler sur la moindre enquête. Certes, il ne lui avait donné aucun élément à propos de celle-ci, mais il la savait suffisamment douée pour imaginer qu'elle s'était débrouillée toute seule. Ces privilèges qu'il lui avait accordés étaient devenus un moyen de plus pour alimenter son délire de persécution.

Chapitre 17

Les convictions de Mathias sur la folie de Meggy Ker Benson commencèrent à s'ébranler lorsqu'il sortit du bureau du Procureur qui l'avait convoqué en urgence, le lendemain matin.

- Non, Monsieur le Procureur, je n'ai pas lu le rapport que Meggy Ker-Benson m'a envoyé. Je n'ai pas de temps à perdre avec ses élucubrations.
- Et pourtant vous devriez, Lieutenant Michaud ! J'ai bien pris le temps de le lire moi, et vous savez pourquoi n'est-ce pas ?
- Oui, Meggy était votre amie...
- Non, jeune homme, je n'ai pas le temps de remplir mes obligations mondaines. Du reste, Meggy n'est plus mon amie depuis qu'elle a sauvagement assassiné et décapité ces pauvres diables ! Mais je l'ai lu parce qu'elle était une excellente profileuse et que cela ne m'a coûté que quelques minutes de lecture. Et c'est exactement ce que vous auriez dû faire, pour la bonne raison que dans cette affaire, il y a longtemps que nous nous battons comme Don Quichotte, alors je ne vois pas en quoi un moulin à vent de plus nous ferait perdre notre temps.
- Elle a dû noter dans son rapport ses inepties habituelles... que le Lieutenant Grégoire Massa était coupable du massacre de l'année dernière et que...
- Mais bien sûr ! Ça fait un an qu'elle nous serine ça ! Et croyez-moi, ce n'est pas ce genre de discours qui m'intéresse. J'en ai fait abstraction, c'est son

délire habituel. Mais au-delà de ça, elle a fait une analyse intéressante de la possibilité que le Lieutenant Massa puisse être un des tueurs en série que nous recherchons.
- Mais enfin, Monsieur le Procureur, c'est ridicule ! Je ne vais pas perdre du temps à me pencher sur cette analyse grotesque !
- Pas plus grotesque que le fait que vous ayez perdu des journées entières à interroger un nombre invraisemblable de personnes dans cette enquête. Il ne manque que les interrogatoires de leurs animaux domestiques pour compléter cette liste que je trouve complètement farfelue. Vous et votre équipe, vous vous êtes complètement dispersés !
- Certes, Monsieur le Procureur, c'était du temps perdu, je le reconnais, mais depuis le début, nous n'avions rien, alors j'ai pensé qu'il fallait taper au plus large pour tomber sur quelque chose qui aurait pu nous intéresser.
-Alors, vous allez me faire le plaisir de lire le rapport de Meggy et en vitesse !
- Oui, Monsieur le Procureur, je vais le lire ce soir.
- Non, Lieutenant, pas ce soir, vous allez le lire tout de suite ! Je peux vous dire que si Meggy n'était pas la criminelle qu'elle est, je prendrais au mot, et sans réserves, tous les détails de l'analyse qu'elle fait de cette enquête, et ce, sans vous demander votre avis. Je ne peux pas m'empêcher de penser que le travail de profilage qu'elle vient de nous faire est digne de ses performances habituelles, en tous cas c'est troublant et ça peut tenir la route à propos du Lieutenant Massa.

- Mais enfin, Monsieur le Procureur, tout de même ! Vous ne pouvez pas soupçonner le Lieutenant Massa...
- Vous me parlez d'un fantôme qui s'est volatilisé. Plus personne ne l'a vu, il a disparu de la circulation. Je suis allé personnellement à sa villa de Vence. J'ai trouvé porte de bois ! J'ai fait ouvrir discrètement une enquête sur lui. Il a tout laissé en plan !
- Je ne savais pas que vous aviez fait cela, Monsieur le Procureur.
- J'en ai fait une affaire personnelle. Je n'ai pas accepté son attitude pour le moins inattendue. Un tel manque de professionnalisme, et surtout pendant cette période où la police judiciaire est dans le pétrin comme jamais, je ne peux le concevoir. Il se cache, Massa, donc il cache forcément quelque chose. Cela pourrait être quelque chose de l'ordre d'un burn-out. Ou appelez ça comme vous voulez.
- Oui, mais de là à prétendre que le Lieutenant Massa est le tueur.
- Je ne prétends rien, j'exige seulement que vous lisiez ce fichu rapport !

Le Procureur se leva brusquement pour signifier que la conversation était close.
Mathias, lui, avait du mal à se décoller de son fauteuil, encore alourdi par tous ces propos.
Lorsque celui-ci lui mit nerveusement le rapport de Meggy Ker-Benson sous le nez, il s'en saisit sans conviction.

Il se leva et sortit un peu chancelant, sans même penser à saluer le Procureur.

TRANSMISSION DE PROFILS PSYCHOLOGIQUES EFFECTUES PAR MEGGY KER BENSON

(Anciennement attachée au FBI et consultante à la Police Judiciaire du Quai des Orfèvres.)

Nice - 25.03.2016

Après étude du dossier AFF / GIU 876-2/16 (et affinage en fonction des éléments fournis par l'auteur du profil)
Premières constatations sur les scènes de crimes-rapports de police, études victimologiques, dépositions des témoins, de l'enquête de voisinage, des photos et plans des scènes de crime, du dossier médico-légal, du rapport et photos d'autopsie, etc...

Profil du Tueur n°1
Scène de crime primaire (La victime a été trouvée sur le lieu du meurtre où il a été commis)
Le crime commis par le tueur n°1 est considéré comme un crime isolé.
Le crime commis à la villa de Cimiez, sur la personne de Mme Annabelle Cassin est signé par un homme expérimenté. Le tueur n°1 a environ la cinquantaine, une forte personnalité.
(ci-joint, en détails, analyse psychologique et commentaires des caractéristiques motivationnelles et émotionnelles sous-jacentes du tueur n°1)

Profil du Tueur n°2

On peut parler de crimes sériels à partir du tueur n°2.

a) Crime commis sur la personne de Mlle Morgane Giovini.

Scène de crime secondaire (le crime n'a pas eu lieu où le corps a été déposé).

Le corps de la deuxième victime est signé par un homme sans doute plus jeune, qui fait du copycat.

Soit par un comportement de mimétisme favorisé par la publicité médiatique du crime précédent.

Soit sous les instances du tueur n°1, sur lequel il s'est modélisé.

Son profil pourrait révéler qu'il attendait qu'un expérimenté l'initie pour pouvoir passer à l'acte.

Sur la scène du crime, il peut agir seul ou avec la complicité du tueur n°1, qui n'est présent qu'en tant qu'observateur.

Il rajoute une signature personnalisée du crime (rituel - sacralisation)

b) Crime commis sur la personne de Mlle Julia Deparche

Scène de crime primaire (le crime a eu lieu où le corps a été déposé).

Le corps de la deuxième victime est encore signé par le deuxième tueur, (ADN identique), même mode opératoire et même signature personnalisée du crime (rituel – sacralisation).

(Ci-joint analyse psychologique et commentaires des caractéristiques motivationnelles et émotionnelles sous-jacentes du tueur n°2)

Avenant au dossier - Déposition de Meggy Ker-Benson en tant que témoin.

Le profil du tueur n°1 est établi ci-après à partir d'une information que je détiens depuis un an sans qu'on m'ait octroyé la possibilité d'en faire déposition.

Je confirme, donc, que le Lieutenant Massa est un tueur en série, impuni, donc en liberté, et à forte propension à développer sa personnalité de psychopathe.

J'émets l'hypothèse que le tueur n°1 puisse être le Lieutenant Grégoire Massa.

Compte tenu des informations que le Lieutenant Grégoire Massa m'a confiées à la Maison d'Arrêt de Nice, le 6 juillet 2015, qui précisaient textuellement qu'il était l'auteur des crimes de l'affaire des têtes coupées. (Ci-joint mon attestation sur l'honneur, datée de ce jour),

Compte tenu du fait que le père du Lieutenant Grégoire Massa, Monsieur François Massa était un chasseur de sangliers notoire, et fondateur de nombreuses associations en la matière, (conf/Site.www.chasseursdesangliers.com),

Compte tenu du fait que son départ de la police intervient le lendemain du crime à Cimiez,

Compte tenu du résultat de mes propres procédures d'enquête, via internet, qu'à ce jour le Lieutenant Grégoire Massa est déclaré disparu,

Compte tenu du fait que le profil du tueur n°1 caractérisé par la domination, correspond au caractère névrotique du Lieutenant Grégoire Massa,

Mathias continuait à lire la liste des « compte tenu » que Meggy Ker-Benson avait élaborée, et il y en avait encore beaucoup, aussi farfelus les uns que les autres.
Le début de son rapport ressemblait à un rapport de profilage comme un autre, mais la suite de son travail ressemblait plutôt à une diatribe personnelle contre le Lieutenant Grégoire Massa.

Puis elle renforçait son assertion quant à la culpabilité du Lieutenant Grégoire Massa à propos de l'affaire de l'année précédente, celle des 5 têtes coupées qui, n'ayant pas été identifiées, pouvaient appartenir à des sans-papiers, des clandestins.
Elle faisait valoir, toujours grâce à ses recherches, qu'à cette époque, le Lieutenant Grégoire Massa venait de se faire construire une piscine et que ce genre de chantier était l'endroit idéal pour faire disparaître des corps.

En lisant ce rapport, tantôt Mathias le trouvait inepte, tantôt il en était troublé.

Soudain il eut un flash ! Comme une déflagration dans son esprit, laissant la place à un chemin qui le conduisit à associer l'idée de Meggy Ker-Benson à propos de la piscine du Lieutenant Grégoire Massa avec la disparition du jeune Roumain Alexandru, qui travaillait clandestinement dans la région... avec 4 autres ouvriers ! Il se souvenait que dans les dessins du jeune homme, figurait une maison avec le chantier d'une piscine. Il se saisit fébrilement du dossier de cette affaire qui était en instance et éparpilla tous les dessins et les lettres en question.

Son cœur battait à tout rompre, et malgré son esprit rationnel, l'idée de tenir une piste, aussi farfelue qu'elle pût l'être, le poussa à jeter encore un coup d'œil sur le rapport de Meggy.

C'était une suite d'hypothèses qu'elle énumérait, mais il n'avait pas le temps d'aller jusqu'au bout, il lui paraissait plus urgent d'agir, et vite.
Il se saisit des dessins du Roumain et se leva brusquement dans l'intention de se rendre chez le Lieutenant Massa à Vence, où les empreintes de celui-ci pourraient alors être prélevées.

Mettant sous le coude son orgueil, il téléphona au Procureur pour lui expliquer ses intentions de pousser plus loin ce qu'il avait négligé jusqu'alors et lui proposa de passer le prendre. Il expliqua brièvement ce qu'il venait d'éclaircir et que l'hypothèse de Meggy pouvait peut-être tenir la route.

La Brigade de gendarmerie de Vence avait été avisée immédiatement. L'intervention du Procureur avait activé tout le processus. Une commission rogatoire immédiate avait été accordée par le Juge. La police scientifique était prête à intervenir.
Toutes affaires cessantes, les voitures de la Brigade Criminelle quittèrent le Commissariat et prirent la direction de Vence.

Sur son bureau, Mathias, avait abandonné le rapport de Meggy Ker-Benson et n'avait pas pris le temps d'en lire la fin.

Celle-ci avait rajouté, encrée en rouge, une supplique qui sortait du champ de son travail de profileuse.

« Je vous en prie, faites-moi confiance, pour l'amour de Dieu, prenez la peine de vous rendre sans tarder chez le Lieutenant Massa, vous y trouverez les empreintes biologiques du tueur n°1. Mais surtout, faites procéder à des travaux d'excavation sous sa piscine, vous trouverez les cadavres des hommes que je n'ai pas tués. »

Chapitre 18

De loin, rien ne la distinguait des autres maisons. Une bordure de cyprès courait le long d'un muret. Par moment, elle s'interrompait pour laisser le champ libre à une débauche de lauriers roses qui poussaient là tout seuls.
La bâtisse, qui devait dater des années cinquante avait été solidement construite en pierres du pays. Une balustrade à colombages lui proférait un charme désuet où le temps semblait s'être arrêté.
C'était exactement comme Alexandru Pershak l'avait dessiné.
Lorsque le Procureur et le Lieutenant Michaud arrivèrent à la villa du Lieutenant Grégoire Massa à Vence, les hommes de la scientifique étaient en tenue, parés pour commencer leurs recherches d'indices.
Une fois que la porte fut déverrouillée, l'équipe entra et se vit accueillir par une tête de sanglier naturalisée qui était accrochée au mur du hall de la maison. Une vieille bête qui avait dû être gigantesque, collée à perpétuité sur son écusson de chêne, avec une grande gueule ouverte sur des défenses qui ne lui servaient plus à rien. Sans aucun doute, un trophée de chasse ayant appartenu au père du Lieutenant Massa.
Grégoire Massa avait sans doute une prédilection pour les têtes d'animaux car on trouva un masque de loup dont le pelage noir et dru avait des traces de sang collé.

Ce fut la première pièce à conviction que la police récolta.
Le Procureur eut un sourire cynique qui tentait de cacher son désarroi, en lançant à Mathias un « Grégoire Massa n'aura jamais autant mérité son nom de vieux loup solitaire.. ».
Un smoking avec de vieilles éclaboussures de sang avait été retrouvé dans un sac de plastique, au fond d'une armoire.
Visiblement, le tueur n'avait fait aucun effort pour camoufler ces pièces à conviction, tant il était sûr que la police ne remonterait pas jusqu'à lui.
Après des fouilles minutieuses qui durèrent des heures, le couteau à dépecer restait introuvable.
Le Procureur et le Lieutenant Mathias Michaud ne firent aucun commentaire sur toutes ces découvertes atroces qui prouvaient que le Lieutenant Massa était bel et bien le coupable. Leur silence partagé témoignait de la sidération qui les frappait l'un et l'autre. Il en était de même pour l'équipe qui était sur le terrain. Personne n'osait verbaliser la culpabilité de celui qui avait toujours été considéré comme un chef éminent et admiré de toute la Police Judiciaire.
Tous les prélèvements effectués avaient été embarqués au labo, en attente d'analyses, et de comparaisons, mais le Procureur prit l'initiative de ne pas attendre pour faire démolir la piscine, et donna des ordres pour faire venir sur le champ une entreprise de gros-œuvre
Mathias vit que le Procureur s'était isolé pour téléphoner. Il se doutait que celui-ci avait appelé la

prison afin de contacter Meggy Ker-Benson. Il aurait souhaité, lui aussi, appeler celle-ci au téléphone pour lui présenter des excuses, mais il était trop anéanti et se sentait trop coupable de lui avoir accordé aussi peu de crédit.
Il alla s'asseoir sur un banc du jardin et prit sa tête entre ses mains. Il pensait au Lieutenant Grégoire Massa. Où donc était passé cet assassin ? Dire qu'il avait été son maître à penser, son modèle de travail. Il était en train de le maudire ; tout était si invraisemblable qu'il avait l'impression de vivre dans un cauchemar. Comment et pourquoi cet homme avait-il commis tous ces crimes ?
Il était resté, ainsi, sans bouger, jusqu'à ce que les camions de l'entreprise de gros-œuvre fassent leur apparition.

Les ouvriers munis de leur casque et de leurs bottes de sécurité avaient commencé à attaquer le fond de la piscine qui ne contenait plus que quelques nappes d'eau verte et croupie.
Le travail fut long et fastidieux ; les ouvriers activaient leurs marteaux-piqueurs et leurs brise-béton, dans un bruit fracassant au milieu des nuages de poussière qui envahissaient le jardin. La pelleteuse roulait des mécaniques en écrasant sans scrupules les massifs de fleurs qui avaient résisté à l'hiver.

Autour du chantier de démolition, tous les hommes de la Police Judiciaire avaient les yeux rivés sur le bloc de béton qui commençait à révéler tout le ferraillage qu'il enrobait. Ils regardaient avec appréhension ce fond de piscine, qui ne ressemblait plus qu'à un vaste champ de bataille.

Lorsqu'un des ouvriers arrêta son marteau-piqueur et leva la main, en hurlant que le béton n'offrait plus la même résistance, toute l'équipe s'arrêta quelques secondes puis se mobilisa pour aider celui qui avait déjà saisi sa pioche et commencé à fourrager dans les gravats. Ils se mirent tous à opérer de manière méticuleuse pour ne pas occasionner de dégâts pendant leur exploration.
Leur silence et leur concentration rendaient l'attente encore plus oppressante qu'elle ne l'était déjà ! Pour ces flics, pourtant sévèrement aguerris à ce genre d'exhumation, le moment était très grave, car ce qu'ils s'attendaient à voir signerait définitivement les atrocités perpétrées par le Lieutenant Grégoire Massa.

Quand le bruit récurrent des coups de pioche cessa, ce que l'assistance découvrit était largement au-delà de ce qu'elle appréhendait de pire.
Un premier cadavre fut dégagé des décombres.
Un corps sans tête. Un corps décharné qui commençait à dévoiler son allure de squelette.
Ce fut le premier d'une série macabre. Une fois terminées, les fouilles révélèrent un charnier innommable qui laissa tout le monde hagard.
Ces cinq ouvriers roumains, dont Alexandru, qui avaient construit la piscine, avaient été ensevelis dans la chape du béton qu'ils avaient préparé eux-mêmes.

Leurs têtes avaient servi à une exposition macabre dans des galeries d'art, un an auparavant. Une mise en scène élaborée par le Lieutenant Massa pour attirer sa rivale Meggy Ker-Benson dans une course de profilage dont il voulait être le vainqueur.

Chapitre 19

Grégoire Massa ne s'était pas contenté de tuer ces pauvres ouvriers. Il avait également tué le beau-père d'Alexandru pour l'empêcher de fourrer son nez dans cette affaire.
Et enfin, comme l'avait suggéré Meggy Ker-Benson, c'était bel et bien lui qui avait éventré Annabelle dans sa villa.
Dès lors que la police eut les preuves qui inculpaient Grégoire Massa, elle ne manqua pas de comparer ses empreintes ADN, avec celles retrouvées sur le corps d'Annabelle. L'affaire de Cimiez était résolue.
Mais Grégoire Massa courait toujours. Et le tueur de Morgane et de Julia aussi.
Ces deux monstres n'allaient sans doute pas en rester là...

Mathias compulsait encore et encore le gros dossier de cette affaire qui ne faisait que commencer. Il regarda sa montre et se leva. Il avait rendez-vous avec Nina Berbec.
Il la récupéra en ville et la conduisit à l'aéroport.
Pendant le trajet ils restèrent silencieux. Seul, le bébé s'exprimait. Avec des babillements qui s'adressaient à sa peluche.
Il accompagna Nina et son bébé jusqu'à la porte d'embarquement pour Bucarest. La jeune Roumaine ressemblait à un fantôme. Il lui promit que toutes

les démarches pour transférer dans son pays le corps de son père et de son fiancé seraient réglées, une fois que la police scientifique aurait terminé ses investigations.
Elle serrait fort son bébé dans ses bras, comme on s'accroche à un dernier espoir de vie. Elle fit un sourire timide de reconnaissance à Mathias avant de disparaître.

Lui, qui s'en voulait de n'avoir pas été vigilant depuis le début, avait baissé les yeux. Le moins qu'il pensait pouvoir faire pour compenser ces manquements était de lui payer le billet d'avion de retour. Il en avait fait une affaire personnelle, il agissait donc personnellement. Sans en aviser ses supérieurs.
Il sentait bien qu'il faisait tout de travers. Les derniers événements l'avaient complètement anéanti.
La police avait engagé des recherches soutenues pour retrouver Grégoire Massa. Même Interpol était sur le coup.
Avec cette affaire de Lieutenant de la Police Judiciaire Française qui s'avérait être un redoutable tueur en série recherché, la presse nationale, et même l'internationale exultaient de pouvoir sombrer dans le sensationnalisme.

Mathias qui souffrait de n'avoir plus de nouvelles d'Anthony, fonça jusqu'à Villeneuve-Loubet.
Lorsqu'il amorça une entrée vers la résidence de Marina Baie des Anges, il vit sortir Anthony qui était au volant de sa Mercedes. Sans trop réfléchir,

il se mit à le suivre. Le trajet dura une quarantaine de minutes pendant lesquelles Mathias se tenait à une longue distance, pour ne pas se faire repérer. Il ne savait pas vraiment pour quelle raison il s'était mis à le filer, mais plus la voiture d'Anthony s'éloignait, plus Mathias brûlait de savoir ce qui mobilisait celui-ci.

Ils se dirigèrent vers l'arrière-pays grassois, lorsqu'Anthony prit la fameuse Route Napoléon, qui les menèrent jusqu'au plateau de Caussols. Une vaste étendue de calcaire érodée au cours du temps, ponctuée de fissures, de gouffres, d'avens. Un territoire insolite parsemé de rocailles entre les sapins, les chênes et les églantiers.

Mathias vit de loin qu'Anthony s'était garé sur un petit terre-plein.
Celui-ci était descendu de sa voiture pour continuer son chemin à pied.
Mathias s'arrêta sur le bord de la route qui surplombait tout le paysage et put l'observer de loin. Il le vit emprunter un étroit sentier qui débouchait sur un espace où il y avait des bories, des capitelles et autres espèces de cabanes de pierres sèches. Puis, il le vit traverser un petit bois et se diriger vers une très vieille bergerie fortifiée avec une arche qui était en partie effondrée. Avant de récupérer, sous la pierre d'un puits naturel, ce qu'on pouvait imaginer être une clé, il avait regardé derrière lui pour s'assurer que personne ne l'observait. Il avait ouvert la porte et s'était glissé à l'intérieur de l'édifice.

Ce fut à ce moment là que Mathias réalisa à quel point il était stupide d'avoir suivi Anthony. Il était en plein milieu du plateau désertique de Caussols à souffrir d'un amour transi et frustré, à se cacher pour prendre en flagrant délit d'infidélité un homme qui ne lui portait plus d'intérêt du tout. Il était enragé contre lui-même, contre Anthony, contre la vie.

Il reprit le chemin du retour avec une nausée qui ne le quitta plus.

Chapitre 20

- Cessez-donc de vous excuser, mon petit, on ne présente pas des excuses à une criminelle comme moi. Gardez plutôt votre énergie pour retrouver Grégoire Massa !
- Nos recherches restent vaines, Meggy ! Malgré tout ce qu'on a mis en œuvre. Il a disparu dans la nature. Volatilisé ! Aucune trace de lui ! Même les recherches avec Interpol ne donnent rien, comme s'il n'avait jamais réellement existé ! Quant à son imitateur, il fait largement honneur à son modèle.
- Oui, je me suis penchée sur son profil. J'avoue que pour l'instant, je sèche. Mode opératoire identique à celui de Massa, mais, comme on a pu le voir dans le rapport du légiste, il manque la maîtrise qui caractérise Massa, dans la manière de donner les coups de couteau dans tout le corps. La profondeur et le tracé des entailles montrent qu'elles relèvent d'une torture lente. Alors que là, tout révèle un comportement désordonné et frénétique qui peut résulter d'une tentative expérimentale. A cela se rajoute que notre deuxième tueur sacralise ses victimes. Comme je l'ai spécifié dans mon rapport, cette signature marque vraiment leur différenciation. Il coiffe Morgane d'une couronne de princesse, il la flanque au milieu de balles de toutes les couleurs, et à Julia, il lui érige un petit mausolée avec des galets et des fleurs sèches.

J'ai le sentiment que cette signature infantile est sa petite création à lui. Comme s'il insistait pour

rajouter sa patte à l'œuvre du maître dont il s'est inspiré.
- Cela voudrait-il dire que l'élève honore le maître en donnant un caractère théâtral à ses crimes ?
- Ou qu'il veut dépasser le maître... Massa s'est acharné sur Annabelle Cassin, juste pour satisfaire ses instincts de violeur et de tueur. Il ne s'est pas encombré de fioritures en accomplissant son œuvre.
- Vous avez raison Meggy, mais lorsqu'il a exposé la tête de ses victimes dans des galeries d'art, l'année dernière, il n'a pas manqué de théâtraliser son œuvre de manière grandiose.
- Oui, mais ce n'était pas pour honorer ses actes, c'était seulement pour que la police le croie ! Il n'y avait rien de psychologique dans sa signature, c'était uniquement dans un but précis. Il n'y avait aucun affect dans sa démarche, un peu comme moi, lorsque j'ai eu le malheur de tuer ce pauvre prostitué. Que Dieu et les hommes me pardonnent un jour, mais ce que j'ai fait, je l'ai fait dans un but précis. C'était une nécessité dans la machination que j'avais élaborée.
Comme Mathias ne fit aucun commentaire, Meggy baissa les yeux et un silence s'installa entre eux.
Il n'avait pas envie d'entendre davantage de détails sur l'intervention machiavélique de Meggy dans cette histoire sordide, pas plus qu'il n'avait envie de montrer de l'empathie, ou même un signe quelconque de compréhension. Ses jugements, il voulait les garder pour lui. Il revint froidement sur le sujet initial.

- Vous pensez donc qu'il y a de l'affect dans la démarche du 2ème tueur ? Qu'il y a quelque chose d'intime, dans sa signature ?
- Oui, d'une certaine manière. Comme s'il attachait plus d'importance au résultat de l'acte qu'il avait accompli, que de l'acte lui-même.
- Que voulez-vous dire, Meggy ?
- Je veux dire que l'acte, bien qu'il réponde à de bas instincts mortifères, est moins important que sa fierté infantile, à ornementer le cadavre de ses victimes, comme il le ferait avec des poupées.
Meggy se tut un instant pour fixer Mathias dans les yeux.
- Dites-moi, mon jeune ami... seriez-vous amoureux ?
- A vrai dire... euh... non, enfin oui, mais à quoi voyez-vous ça ?
- A votre air malheureux ! Je vois que vous souffrez d'amour !
- Oui, je... c'est vrai...
- Et lui, il vous aime ?
- Lui ? Mais... mais... voyons Meggy ! Non, il ne s'agit pas d'un homme...
- Allons, allons, Mathias, pas de ça avec moi !
- Mais enfin, qu'est-ce qui vous fait dire que...
- Je vous rappelle que nous avons couché ensemble l'année dernière, et que vous étiez à deux doigts de crier au viol ! Mais ne rougissez pas, voyons !!! C'est juste que depuis cette nuit-là, j'ai pensé que vous seriez beaucoup plus heureux dans les bras d'un homme.
- Vous vous prenez donc pour un fakir ?

- Je pense que vous vouliez dire un voyant ! Ou un profiler !
- Oui, oh, je ne sais plus ce que je raconte, je vous prie de m'excuser.
- Et allez ! Il s'excuse ! Une fois de plus ! Racontez-moi plutôt l'objet de vos tourments ! Vous l'aimez ?
- Oh oui, Meggy, je l'aime à en crever ! Mais c'est incroyable, je viens à peine de le rencontrer !
- Et lui, il vous aime ?
- Non, je ne crois pas, je n'ai plus aucune nouvelle de lui. Le problème c'est qu'il est veuf depuis peu de temps. Il est fragile. Mais c'est un type bien, vous savez !
- Il vous faut la force de la patience. Vous sentez-vous capable d'attendre qu'il puisse se retrouver lui, avant de construire quelque chose avec vous ?
- Vous avez raison, Meggy, mais il me manque terriblement.
- Ayez confiance en lui. Attendez le sagement, et vous verrez qu'il va réapparaître.
- Donc, je ne le rappelle plus ?
- Surtout pas !
- J'ai fait quelque chose dont je ne suis pas fier...
- Que voulez-vous dire ?
- Je l'ai suivi, je me suis planqué à l'observer comme pourrait le faire un vulgaire mari jaloux, dans l'espoir masochiste de le surprendre avec un autre homme.
- Il faut vous reposer un peu Mathias. C'est juste que vous n'êtes plus dans votre état normal.
- Oui, il faut surtout que je m'alimente. Ça fait deux jours que je ne me nourris qu'au café ! Je vais vous

laisser pour aller déjeuner. Et vous, Meggy ?...
- Bah, moi j'attends qu'on m'apporte mon plateau ! Foie gras, caviar, homard, et un Champagne Louis Roederer pour arroser le tout !
- Non, Meggy, je voulais dire... vous tenez le coup, ici ?
- Allez, sauvez-vous vite, mon petit !

Lorsque Mathias sortit et qu'on eut fermé le lourd portail derrière lui, il ne fit pas mécontent de retrouver la lumière de cette belle journée. Il se dirigea vers sa voiture lorsqu'une moto qui était plus loin à l'arrêt démarra en trombe et s'arrêta pile devant lui. Qui était ce motard caché par un casque intégral ? Et que lui voulait-il ?

Il n'eut pas le temps de se méfier plus longtemps, car l'homme retira son casque et lui dévoila un magnifique sourire. C'était celui d'Anthony.
- Bonjour, Mathias ! Je t'enlève ! Prends ce casque, je t'invite à déjeuner. Allez grimpe !
- Mais comment savais-tu que j'étais là ?
- Je t'ai suivi pardi !

Mathias se garda bien de lui faire le moindre reproche, mais restait encore pantois.
- Allez grimpe, je te dis !
Mathias ne se le fit pas répéter une troisième fois. Il mit le casque, monta sur la moto et s'accrocha à la taille d'Anthony qui démarra sur les chapeaux de roue. Il était heureux et surpris, et à cet instant il aurait suivi Anthony jusqu'au bout du monde.

Mais ils n'allèrent pas si loin. La moto poussa seulement jusqu'à Saint-Jean Cap Ferrat, et elle s'arrêta devant « Le Baron », dont Anthony était le propriétaire.
Cet immense hôtel-restaurant surplombé d'un dôme était un chef-d'œuvre de raffinement et de luxe, et n'avait rien à envier aux palais italiens.
Il était entouré d'un immense parc aux allures florentines avec ses colonnades, ses bassins, ses cascades, où toutes les fleurs et les oiseaux de la création s'étaient donné rendez-vous.
L'Eden suspendu au bleu roi de la mer.
Une table leur était réservée sur une terrasse individuelle, au beau milieu de la roseraie. Cristal, porcelaine, argenterie tout était préparé pour un déjeuner idyllique.
Mathias était aux anges. Et bien que la carte du restaurant fût royale, il y porta peu d'intérêt car il n'avait d'yeux que pour le bel Anthony. C'était de lui qu'il avait faim et il le lui fit savoir.
Tous les délicieux plats que Meggy avait commandés pour plaisanter étaient sur la table. Et lorsque Mathias savoura son champagne, il ne put s'empêcher d'avoir une pensée pour elle.
Elle lui avait dit qu'Anthony reviendrait...
Non seulement celui-ci était là, mais en plus il était attentionné et il exprimait ses remords de l'avoir délaissé.
Quand ils quittèrent la table, Anthony entraîna son amant dans une des plus belles suites du « Baron » et se fit pardonner.

Chapitre 21

Ce matin, il avait parlé avec Sophie. Il connaissait son prénom parce que celui-ci était écrit sur son badge.
Elle travaillait au Comptoir du Jasmin, sur la Zone Piétonne. Une grande boutique de mode qui vendait des parfums.
Il l'avait remarquée à travers la vitrine pendant qu'elle habillait un mannequin.
Il était déjà revenu plusieurs fois dans la semaine pour l'observer de loin, puis il avait fini par se décider à entrer dans la boutique, faisant mine de s'intéresser aux rayons.
- Monsieur, on s'occupe de vous ?
- Je cherche un parfum pour ma fiancée. Quelque chose de léger, de discret.
- Mais bien sûr, Monsieur, nous avons quelques eaux de toilette qui sont très délicates, suivez-moi !

Camille ne se le fit pas répéter deux fois et il suivit sa jolie vendeuse qui attrapa, sur un des rayons, un échantillonnage de bandelettes parfumées.
- Je suppose qu'elle est jeune ?
- Euh... pardon ?
Il était tellement subjugué par la douceur de la vendeuse, qu'il avait déjà oublié sa fiancée imaginaire.
- Votre fiancée ! Je suppose qu'elle est jeune ?
- Oui, euh... elle est jeune et elle est très jolie.

Avec un sourire amusé, elle lui fit sentir un premier échantillon de parfum qu'il gratifia d'une grimace sceptique. Il avait tellement envie de prolonger cette douce promiscuité, ce joli moment à l'eau de rose, qu'à chaque fois qu'elle lui proposait une nouvelle bandelette à sentir, il émettait une nouvelle réserve.
Il finit par arrêter son choix sur « Délicatesse », dont il acheta le plus gros flacon. Sans trop avoir à insister, elle parvint à lui fourguer le déodorant, le bain moussant, et le lait hydratant qui allaient avec. Elle emballa le tout avec un joli papier-cadeau et encaissa la somme de 250 euros avec un sourire empli d'amabilité. Camille sortit sa carte bleue et régla sans le moindre regret.
Avec « Délicatesse », il ferait très plaisir à sa mère.
Il avait noté que Sophie prenait souvent, après le travail, un verre sur la piétonne avec deux autres vendeuses. Ce soir-là, elles ne dérogèrent pas à leur habitude.
De loin, il jeta un coup d'œil attendri sur ce joli trio.
Puis, il descendit au parking Garibaldi où il s'était garé près de la voiture de Sophie qui était à un emplacement réservé.
Il n'avait plus qu'à l'attendre. Il en profita pour récapituler les détails de son projet.
Histoire de la mettre en confiance, il lui ferait croire que sa fiancée devait le rejoindre dans le parking. Il ne manquerait pas de lui dire qu'elle avait adoré le parfum « Délicatesse ».
Le parking était en train de se désemplir. A l'arrivée de Sophie, il n'y aurait pratiquement plus personne.

Il avait son scénario tout prêt et son couteau en poche.
Il avait prévu, dans un premier temps, de la faire taire avec un grand coup sur la tête, comme il faisait lorsqu'il assommait un chat.
Elle deviendrait comme une poupée de chiffon entre ses mains avides, il échancrerait la belle robe rouge en laine qu'elle portait aujourd'hui. Il avait rêvé de ça toute la journée. Il imaginait ses dessous chics, doux et soyeux. Peut-être même qu'ils étaient rouges comme sa robe. Ils ne résisteraient pas longtemps à l' assaut de ses mains pressantes !
Puis il la caresserait sa poupée, et puis il la mordrait et puis, et puis...

Il entendit le cliquetis de ses talons qui s'approchait de lui, alors il fit mine de téléphoner à sa fiancée imaginaire.
- Oui, je suis au parking ! Mais dépêche-toi, tu connais mes parents, ils n'aiment pas beaucoup attendre ! Tu as pris le dessert ? Bien, à tout de suite !
Quand il eut raccroché, il vit qu'elle le regardait en souriant. Il était enchanté de la voir ainsi, patientant pour pouvoir le saluer, et se dit qu'elle ne perdait rien pour attendre.
Ils bavardèrent aimablement et c'est Camille lui-même qui mit un terme à la conversation.

Loin d'avoir envie de prendre congé, il voulait saisir ce moment propice où le parking était déserté complètement. Il fallait agir promptement. Dès qu'elle lui tournerait le dos pour introduire sa clé dans la serrure de la portière, il l'assommerait et la pousserait à l'avant de sa voiture.

Mais les choses ne se passèrent pas du tout ainsi.

Sophie sortit sa clé de contact et déverrouilla, à distance, la portière tout en poursuivant sa conversation.
Il réalisa alors à quel point il avait été primaire et obsolète dans ce qu'il avait prévu. C'était pourtant évident. Il s'en voulait à mort ! Il fallait qu'il la retienne encore pour réfléchir, son coup ne serait fatal que si elle lui tournait le dos. Il l'avait prévu ainsi et le fait qu'elle détourne son plan avec un aussi petit détail lui fit perdre tous ses moyens. Il trouvait alors son plan idiot, il se trouvait idiot.
Sophie vit qu'il avait changé de tête, et du coup son sourire s'effaça. Quelque chose dans les yeux de Camille lui avait fait peur et cette peur-là, il la perçut immédiatement.
Il fut incapable de réfléchir, ou d'élaborer quoi que ce soit, il sentait qu'il ne maîtrisait plus sa victime, juste parce qu'elle l'avait regardé bizarrement.
Il se sentait en danger, alors il sortit son couteau, et le rapprocha du visage de Sophie. Son assurance était revenue immédiatement, il avait repris la main.
A la vue du couteau, Sophie sursauta et écarquilla les yeux. Toutes les horreurs que la presse distillait tous les jours défilèrent en un quart de seconde dans sa tête. Elle avait le loup en face d'elle et il allait la dévorer !

Elle tenta de maîtriser sa respiration comme elle l'avait appris, et fit comme elle put pour garder la tête froide. Elle n'avait pas l'intention de mourir. Sophie était une grande têtue !
Par réflexe, elle balaya du regard le parking, pour chercher une issue. Le mouvement des yeux de Sophie n'avait pas échappé au loup qui noircit son regard menaçant.
Camille bouillait, il se préparait à passer à l'attaque...

Mais Sophie passa à l'attaque !

Et elle dégaina aussitôt... son plus beau sourire.
- Arrêêêêête Camille ! Arrête ta blague ! Je t'ai reconnu tout de suite quand tu es entré dans le magasin ! Tu crois que je suis stupide ? C'est encore une de tes blagues farfelues ?
- ....
Camille était resté sans voix et il se demandait comment elle savait son nom. Et puis, elle prétendait bien le connaître. Mais qui donc était cette fille ?
- Ben... je suis Sosso ! On était ensemble à l'école primaire de la Bornala !!! Ne me dis pas que tu ne te rappelles pas de moi !!! T'étais toujours en train de menacer les filles avec les couteaux en plastique de la cantine ! Et tu nous faisais sans arrêt des farces ! Qu'est-ce qu'on se marrait !! Et toi le premier !!! On faisait les quatre cents coups ! Tu ne te souviens pas ? D'accord, on était tout petits, mais quand même !

La menace de son couteau était en train de ramollir dans sa main mais son corps continuait à se dresser. Il était perdu dans ses pensées. Il n'avait aucun souvenir de ses années de primaire, pas même celui du nom de l'école. Et qui était cette Sosso ? Elle avait dû être une jolie petite fille, pourquoi ne s'en souvenait-il pas ? Il ne tarda pas à réaliser qu'elle tentait tout bêtement de le duper. Il la fixa intensément, pour le lui signifier.
Sophie savait que sa diversion ne lui avait servi qu'à gagner quelques petites minutes seulement.
Ce qui lui avait donné le réflexe de cette petite mise en scène ridicule, c'est qu'elle avait regardé le prénom et le nom de Camille sur sa carte bleue, lorsqu'il avait réglé. Curiosité de femme... quand celle-ci repère un homme séduisant ! A présent, cet homme la répugnait, et la terrorisait.

Lorsqu'elle entendit le bruit de l'ascenseur qui se mettait en branle, elle commença à appeler à l'aide de toutes ses forces, mais Camille la réduisit au silence en la bâillonnant avec sa main puissante. Plus elle se débattait et plus il prolongeait la petite entaille qu'il avait entamée sur son cou. Elle était désemparée, mais ne voulut pas se résigner à se laisser emporter par ce fou qui allait la torturer, avant de la tuer. Avec le peu de moyens qu'elle avait, elle livrerait ce combat dans ce parking. Un combat à mort.
Comme il avait les deux mains occupées, Camille ne pouvait maintenir sa proie qui se cambrait comme une forcenée et qui donnait des coups de

coude et des coups de pieds dans tous les sens. Il avait beaucoup de mal à neutraliser cette furie qui commençait à lui mordre la main.
Il se rendit à l'évidence, il fallait qu'il la tue avant que l'ascenseur ne redescende. Il fallait qu'il fuie, le plus vite possible. Il ne put lui enfoncer la lame du couteau dans le cou, tant elle s'agitait, alors pour l'immobiliser il lâcha sa bouche et avant qu'elle n'ait le temps de crier, il lui planta le couteau de toutes ses forces dans la poitrine. L'effet fut immédiat.
Sophie se raidit sous la violence du coup et tomba comme une marionnette dont on avait coupé les fils.

Lorsque Camille démarra en trombe pour s'enfuir du parking, l'ascenseur amortit son arrivée et commençait à ouvrir ses portes pour libérer un gentil petit couple qui bavardait gaiement.

Chapitre 22

Comme tous les soirs, Maman vient border Camille.

Elle est encore emplie de l'émotion d'avoir reçu un si beau cadeau de son fils. Du parfum ! « Délicatesse » ! Juste celui qu'elle avait l'intention de s'acheter. Décidément, ce petit est parfait ! Il avait anticipé son désir, comme d'habitude.

« - Dis-moi, mon ange, quelle histoire veux-tu que je te raconte ?

Il veut celle du Petit Chaperon rouge qui a déjà été dévoré des centaines de fois par le loup, celle dont il ne se lasse pas, et à laquelle Maman rajoute toujours des détails qu'elle invente, plus sordides les uns que les autres.

- Il était une fois une petite fille de village, la plus jolie qu'on eût pu voir ; sa mère en était folle, et sa mère-grand plus folle encore. Cette bonne femme lui fit faire un petit chaperon rouge, qui lui seyait si bien que partout on l'appelait le petit Chaperon rouge.

Camille ferme les yeux et imagine Sophie, encore vivante, avec sa robe en laine rouge. Il n'a même pas eu le temps de la lui taillader comme il rêvait de le faire.

- Un jour sa mère, ayant fait des galettes, lui dit : « Va voir comment se porte ta mère-grand, car on m'a dit qu'elle était malade, porte-lui une galette et ce petit pot de beurre... »

Camille n'en a que faire de la mère-grand du petit chaperon rouge. C'est à cause de cette salope de Sophie ! Elle a tout gâché !

- Le petit Chaperon rouge partit aussitôt pour aller chez sa mère-grand. En passant dans un bois, elle rencontra compère le Loup qui eut bien envie de la manger...

Je n'ai pas eu le temps de mordre cette sale garce, de la torturer, de la violer ! Demain, je vais m'en chercher une autre et cette-fois ci, je ferai tout comme il faut !

- Il lui demanda où elle allait ; la pauvre enfant, qui ne savait pas qu'il était dangereux de s'arrêter à écouter un loup, lui dit qu'elle allait voir sa mère-grand pour lui porter une galette avec un petit pot de beurre.... Camille ? Camille ? Tu dors ? »

Oui, Camille dormait. Comme un bébé. Il rêvait qu'il déshabillait sa nouvelle poupée, elle était tout ensanglantée, et il s'en délectait.

Chapitre 23

Quelques heures plus tard, dans une des rues de Fabron, la maison de Gisèle Courcel était cernée et toutes les issues étaient bloquées par une escouade de flics en position de tir. Le plan d'intervention avait été décidé dans l'urgence.

Quelques heures auparavant, un jeune couple avait trouvé une femme poignardée dans un parking du centre-ville. Ils avaient téléphoné immédiatement à Police-Secours.

Dans l'ambulance qui la transportait à l'Hôpital Pasteur, la pauvre Sophie, avait, dans son dernier souffle, donné le nom de son assassin.

Après sommation, la porte fut ouverte avec fracas. Gisèle Courcel tentait d'obstruer le passage mais l'irruption en force du Lieutenant et des trois agents qui l'escortaient la fit voltiger comme une plume. Ils l'immobilisèrent et lui passèrent les menottes. Sans faire cas des questions qu'elle posait en hurlant, les flics entraient dans les pièces de la maison, armes en joue. Il leur restait encore quelques portes à ouvrir, mais lorsqu'ils s'approchèrent d'une en particulier, l'Inspecteur Michaud vit, à l'expression atterrée de la mère du suspect, que c'était la bonne pioche.

Quand ils ouvrirent la porte, les flics de la Brigade furent décontenancés de se trouver dans une pièce qui avait tout d'une chambre d'enfant. Cela ne les empêcha pas de se précipiter vers le lit dont la couette tremblotait.

La mère essayait de se dégager du maintien des forces de l'ordre et exhortait en hurlant à la cantonade qu'on ne devait pas toucher à un cheveu de son fils.

Leurs armes pointées sur lui, à bout touchant, les flics ordonnèrent à celui-ci de sortir du lit les mains en l'air.

Mais lorsqu'il dégagea la tête de dessous la couette, suffocant de peur, les braqueurs restèrent complètement abasourdis.

Le choc fut plus que rude pour le Lieutenant Mathias Michaud. Ses yeux s'écarquillèrent. Son visage exprima une stupéfaction mêlée d'incompréhension. Sa bouche devenait si sèche, que les mots eurent du mal à sortir.

- Anthony ??? Anthony Cassin !!!

Chapitre 24

Dans les locaux de la Police Judiciaire de Nice, c'était le branle-bas de combat.

Avant de procéder à l'interrogatoire, les policiers furent obligés de se mettre à plusieurs pour maîtriser Madame Courcel qui se déchaînait en hurlant comme une hystérique. Son fils menotté cachait toujours son visage dans ses bras croisés. Il n'avait rien d'un loup redoutable, il ressemblait davantage à un agneau qui avait perdu sa mère.

Le Commissaire ne cachait pas sa satisfaction au Procureur qui l'écoutait en acquiesçant.

- Nous avons prélevé son A.D.N. Le labo est en train de le comparer en urgence avec les empreintes génétiques prélevées sur les corps de Morgane et Julia. Mais il n'y a pas de doute, c'est lui ! Ce salaud d'Anthony Cassin était le copycat de Grégoire Massa, il a reproduit exactement son mode opératoire.
- Sa toute dernière victime ne relève pas du même mode opératoire.
- Il s'apprêtait à lui faire subir le même sort, Monsieur le Procureur ! Il voulait probablement l'embarquer, visiblement, la pauvre fille s'est battue comme une diablesse.
- Il faut absolument qu'il nous dise où est Massa ! Il faut qu'on mette la main sur lui !

- Pour l'instant, le suspect ne dit pas un mot. Il pleure comme un bébé ! Nous avons mis en place les procédures d'interrogatoires qui vont commencer à l'instant.

L'experte psychiatre et Mathias entrèrent dans la salle d'interrogatoire et s'installèrent en face du détenu.
Celui-ci renifla très fort et redressa la tête pour les regarder.

Mathias était meurtri. L'homme qu'il aimait était un psychopathe et il n'avait rien vu venir. Il avait du mal à réaliser que ce visage baigné de larmes était celui d'Anthony. Ce n'était plus cet homme sûr de lui qu'il croyait si bien connaître. Jouait-il la double personnalité ou était-il réellement schizophrène ?

Mathias posa le dossier de l'affaire sur le bureau. Il avait l'intention de débuter son interrogatoire en lui montrant d'emblée les photos. En attendant les résultats du labo, il ne fallait pas qu'il se loupe. Ce qu'il voulait, en plus, c'était des aveux sur les crimes précédents. Il se révoltait contre lui-même et sa naïveté à s'être laissé abuser. Il avait l'intention ferme d'être impitoyable à l'égard de cet assassin manipulateur. Il savait qu'il n'allait pas être régulier, du fait de son manque d'objectivité, mais il était prêt à outrepasser ses droits, sans scrupules. Et s'il fallait le compromettre davantage qu'il ne l'était déjà, il n'hésiterait pas. Il n'avait qu'une idée en tête, c'était celle de l'écraser comme une vermine.

La psychiatre prit la parole la première et s'adressa au détenu comme si elle le faisait avec un enfant. Visiblement, cela semblait plus efficace que la méthode plus musclée que les flics avaient utilisée jusqu'alors, car celui-ci ouvrit enfin la bouche.

- Moi, j'ai rien fait, je suis innocent, j'ai rien fait !

Mathias, fulminant, s'apprêtait à lui montrer les photos des victimes, mais la psychiatre l'en empêcha d'un léger mouvement de la main.
Elle continuait à s'entretenir avec Camille alias Anthony qui lui répondait sans se contraindre.

C'était bien Anthony qui se trouvait en face de lui, pourtant il avait l'impression qu'il s'agissait d'un autre. Il avait beau mettre ça sur le compte de son comportement schizophrène, il y avait des détails physiques ou des tics qui le gênaient.

Son regard s'attarda sur chaque trait de son visage. Il y avait quelque chose dans celui-ci qui le différenciait de celui qu'il connaissait bien. C'était sa bouche. La lèvre supérieure de l'homme qu'il avait en face de lui avait une petite cicatrice.
Anthony n'avait aucune cicatrice sur la bouche, cette bouche qu'il connaissait dans ses moindres détails.

Ce n'était pas lui ! A cet instant, Mathias en était persuadé. Il s'agissait d'un sosie, ou plus logiquement d'un jumeau.

Il sortit en trombe de la salle d'interrogatoire pour rejoindre le Commissaire qui s'acharnait à faire parler la mère de Camille dans l'autre salle d'interrogatoire.
Avant d'entrer, il réfléchit quelques secondes pour préparer une petite mise en scène. Cela n'allait pas plaire au Commissaire, mais il se lança.

- Monsieur le Commissaire, Camille Courcel est innocent ! Il n'a commis aucun crime ! Ce n'est pas lui qui a tué Sophie !

Le Commissaire fut encore plus surpris que Mathias ne l'avait prévu mais son visage rouge de fureur et son regard méprisant ne l'empêchèrent pas de continuer.

- Madame Courcel, ce n'est pas votre fils le coupable !
- Ça fait une heure que je le répète au Commissaire, mais cet abruti, il veut pas m'écouter, il me dit que mon fils, mon tout petit, il a tué une certaine Sophie, et puis d'autres filles aussi ! Il dit n'importe quoi !
- Votre fils n'a tué personne !

Mathias mentait sur une hypothèse, mais il était presque sûr que ce coup de poker ferait mouche.
La mère de Camille, enfin satisfaite de la justice qu'on lui rendait, se gargarisait sur l'innocence de son fils. Elle s'acharnait à présent sur l'incompétence de la Police.

Le Commissaire à bout de nerfs se leva pour ordonner à son subalterne de sortir mais il eut tout juste le temps d'ouvrir la bouche que Mathias joua sa dernière carte.

- C'est son frère jumeau, l'assassin !

Tout le monde se tut dans le bureau du Commissaire.

Alors Mathias perça le regard du Commissaire afin qu'il comprenne que cette interruption pour le moins intempestive pouvait aboutir sur quelque chose de fructueux. Les deux hommes fixèrent Gisèle Courcel qui rompit le silence.

- Oui, c'est ça, c'est son jumeau ! C'est Anthony !!!! J'ai pas le droit de le dire, mais là, je ne peux pas me taire parce que je ne veux pas que mon fils aille en prison à la place de son jumeau ! Moi, j'ai adopté Camille parce que son père, Monsieur Cassin n'en voulait pas. Tout ça parce qu'il est né avec un bec de lièvre ! Il m'a payée pour que je l'adopte et que je me taise.
La mère venait de se faire piéger. En confirmant l'existence d'un jumeau, elle espérait pouvoir dédouaner son fils.

Mathias venait de la manipuler, car en fait, ce qu'il voulait lui, c'était la confirmation qu'il existait bel et bien une gémellité qui justifiait cette ressemblance parfaite entre l'assassin et Anthony.

Le Commissaire, qui avait enfin compris l'intention de Mathias, reprit les choses en main.

- Eh bien, nous allons demander confirmation au père des jumeaux ! Vous, Mathias, allez poursuivre l'interrogatoire de Camille Courcel.
- Mais c'est pas la peine d'embêter mon fils puisqu'il est innocent !!! Et je vous interdis de lui révéler qu'il est un enfant adopté et qu'il a un frère jumeau !

Sans écouter la mère de Camille qui montait encore sur ses grands chevaux, le Commissaire prit son téléphone et donna des instructions pour faire convoquer Monsieur Cassin et son fils Anthony.
Lorsque Mathias se dirigea vers la porte, celle-ci s'ouvrit sur la psychiatre. Elle lui souffla de venir immédiatement dans l'autre salle d'interrogatoire. Elle avait une mine grave, Mathias la suivit, pendant qu'elle lui expliquait que le détenu venait de basculer dans une autre phase de sa personnalité.

Camille les attendait, dans une attitude bien différente de celle qu'il avait eue une heure auparavant. Sa position n'était plus celle d'un enfant. Il avait un maintien qui lui conférait même une certaine prestance. Il les regardait droit dans les yeux, et d'une voix qui n'était plus infantile, il s'adressa d'emblée à Mathias.

- Je vous attendais, Lieutenant Michaud. Vous faites une drôle de tête ! Vous êtes impressionné, n'est-ce-pas ? N'allez surtout pas imaginer que je faisais semblant tantôt. Madame l'experte pourra le confirmer, je suis un de ces cas psychologiques assez rares d'alternance volontaire de personnalités. Je ne suis pas comme ces schizophrènes qui se dédoublent, avec un délire qui les dépasse. Moi, je suis doté de deux identités. Et j'existe avec les deux versants de mon être. N'est-ce pas, Madame l'experte ?

La psychiatre s'apprêtait à lui répondre, mais Mathias lui coupa l'herbe sous le pied. Il n'était pas d'humeur à écouter le délire d'un psychopathe qui prétendait, avec des théories fumeuses, ne pas l'être. Il avait l'intention ferme de malmener cet assassin et de lui faire cracher ses aveux, dût-il braver un bataillon de personnalités, aussi malades les unes que les autres. Il jeta sur la table les photos des cadavres de Morgane, Julia et Sophie !

- Lequel de vous deux a commis ces horribles massacres ? Le petit Camille à sa mère ? Ou l'abruti que j'ai en face de moi ? Réponds !!! Réponds, espèce de salopard !

La psychiatre fit à Mathias un geste de la main en signe d'apaisement, ce qui donna à ce dernier une envie furieuse de la fracasser elle-aussi.
Il s'apprêtait à s'acharner encore sur Camille, lorsque celui-ci prit calmement la parole, avec un sourire provocant.
- Sachez, Lieutenant, que c'est mon Moi entier qui assume les actes inhérents à ma double personnalité et que...

Alors que la psychiatre prenait consciencieusement des notes, Mathias se mit à hurler.
- Bon, c'est toi qui les as tuées, oui ou merde ?
- Bien sûr que je les ai tuées, cher Lieutenant ! Bien sûr ! Elles, et des tas d'autres...
- Et Grégoire Massa ? Où se cache-t-il ? Vous le couvrez, n'est-ce-pas ? Votre Pygmalion !
- De grâce, cessez de m'embrumer, j'aimerais me reposer un peu...
- Je vais t'apprendre quelque chose qui va te désembrumer le cerveau ! Toi qui te targues d'avoir des personnalités multiples, sais-tu qu'en plus de tout ce bazar, tu as un frère jumeau ?
- Oui, et il s'appelle Anthony Cassin !

Mathias était médusé.

- Tu le connais ???
- Oui, mais lui ne me connaît pas. Il m'arrive de le suivre, de temps en temps, pour me distraire. Pour me donner l'illusion que je me m'épie moi-même dans une vie que j'aurais pu avoir. Je sais tout de lui. Je sais tout de notre histoire.
Le jour de notre naissance, j'ai été éjecté de la fratrie parce que j'avais un bec de lièvre. Mon idiot de géniteur n'envisageait même pas que je puisse simplement être réparé. Il voulait juste se débarrasser de moi et c'est ainsi qu'il me confia à Gisèle, avec un pactole, contre son silence.
Officiellement, ma génitrice venait d'accoucher d'un seul enfant, un petit ange. L'honneur était sauf, et mon père put, grâce à sa cruelle décision,

célébrer, en grandes pompes, la venue de son seul héritier comme il se devait.

Mais du côté de ma génitrice, ça a un peu coincé. Cette femme, qui était complètement soumise à l'autorité de son mari, ne se remit jamais de ce qu'il avait fait. Sa culpabilité la rongeait de jour en jour, elle tomba dans une dépression qui lui fit perdre peu à peu la raison.

Son mari embaucha des nourrices pour s'occuper de ce bébé délaissé par sa femme, et, craignant que celle-ci dévoile l'existence du jumeau abandonné, il la fit enfermer dans un hôpital psychiatrique, où elle mit fin à ses jours, deux ans après.

- Et comment sais-tu tout cela toi ?
- Cher Lieutenant, partez du principe que je sais tout, sur tout !
- Alors, puisque tu sais tout, tu vas me dire où est Grégoire Massa !

Aux hurlements de Mathias, Camille répondit calmement tout en souriant.

- Eh bien ! Je crois que c'est le moment de revendiquer mon droit au silence. Comme vous le savez, je ne suis pas tenu de répondre à vos questions, dans l'absolu. Je vais donc requérir la présence d'un avocat.
Mathias tapa si violemment du poing sur la table, qu'on eût dit que la psychiatre s'éjectait de son siège.

L'agent Nico, qui rôdait toujours autour des salles d'interrogatoires, se permit d'entrer et de passer la tête pour voir si tout allait bien. Le temps que Mathias se précipite pour lui claquer la porte au nez, et qu'il retourne s'asseoir, Camille avait éclaté en sanglots.

- Ma Maman ! Je veux voir ma Maman !

Chapitre 25

Le père des jumeaux avait répondu à la convocation pour confirmer les faits et apprendre que le fils qu'il avait abandonné était un psychopathe, un tueur en série.

Lorsque le vieil homme sortit du bureau du Commissaire, il était anéanti. Lui qui, de manière odieuse, avait fait en sorte qu'un bec de lièvre ne vienne pas entacher la pureté de son rang, se sentait écrasé de honte et plus du tout à même de faire la fine bouche.
Son fils Anthony, lui, n'avait pas encore répondu à l'appel.

Le labo de la Scientifique avait comparé l' ADN de Camille Cassin avec celui relevé sur les corps des victimes. Ces résultats confirmaient bien sa culpabilité.
C'était donc bien lui l'assassin de Morgane, Julia et Sophie, il n'y avait enfin plus de doute !

Parce qu'il s'était vanté d'avoir fait disparaître et tué encore d'autres filles, la Police ouvrit une enquête dans ce sens et l'interrogeait sans relâche. L'experte psychiatre restait pourtant persuadée que son profil impliquait un besoin narcissique de se faire valoir, et que les affabulations faisaient partie intégrante de sa pathologie.

Mathias avait laissé plusieurs messages sur le répondeur d'Anthony et rédigé un bon nombre de textos afin qu'il le rappelle en urgence.

Il tenait à raconter, lui-même, à son ami tous les rebondissements retors de cette affaire sordide. Il se doutait bien que le père d'Anthony n'allait pas s'empresser de lui apprendre qu'il avait un jumeau et que celui-ci était un tueur en série.
Il se dirigea rapidement vers le parking du commissariat, prit sa voiture de fonction et partit en direction de Villeneuve-Loubet. Il y avait une circulation monstre, il préféra s'engager sur l'autoroute. A présent qu'il avait décidé d'aller le retrouver, il était sur les charbons ardents.
Pendant le trajet, il réfléchissait à la manière dont il allait raconter toute cette histoire. Il avait l'intention de ne rien lui cacher. Il ne pouvait rien lui cacher. Apprendre les détails par la presse serait pire pour lui.

Égoïstement, Mathias se dit que tout cela était une occasion rêvée pour pouvoir le consoler et l'aider moralement à surmonter cette nouvelle épreuve.

Il arriva sur le parking de la Marina et se gara sur une place de livraison, il n'avait vraiment pas le temps ni l'envie d'en chercher une autre. Il pensa avant de sortir du véhicule à mettre une carte de police bien visible sur le tableau de bord car il avait une voiture banalisée. Ce n'était pas le moment de se la faire embarquer par la fourrière.

Il se dirigea vers le portail, il chercha sur l'interphone le numéro de l'appartement d'Anthony et sonna plusieurs fois en vain.

Il sortit son portable et l'appela pour la énième fois. Son répondeur indiqua une saturation qui l'empêcha de laisser un message.

La journée de Mathias avait été mouvementée, il était harassé de fatigue mais décida tout de même de se rendre sur le plateau de Caussols. Anthony y était probablement, et c'était sans doute pour cette raison qu'il était injoignable au téléphone.
Il reprit sa voiture et alluma la radio pour vérifier si les journalistes ne s'étaient pas déjà emparés de l'affaire de Camille Courcel. Il parcourut les chaînes des stations et fut soulagé qu'il n'y ait aucun commentaire. Le Commissaire avait dû y veiller personnellement auprès des fureteurs qui traînaient dans les couloirs de la Police, depuis l'assassinat de Sophie dans le parking.
Il eut envie d'écouter de la musique pendant le trajet mais lorsqu'il tomba sur une chanson triste à mourir sur une radio nostalgique, il changea rapidement, dans l'espoir de trouver une musique de jazz. Il tomba sur Billie Holiday qui susurrait « *The man I love* », c'était parfait !

Il arriva sur le plateau de Caussols où le soir commençait à tomber. Il se gara avant de descendre à pied le sentier qu'il avait emprunté la dernière fois. Sûr qu'il aurait préféré se retrouver sur la terrasse donnant sur la Marina avec vue sur mer, au lieu de quoi, il arpentait les chemins d'un endroit désertique et sombre qui méritait largement d'avoir pour légende d'être fréquenté par des extra-terrestres, et parfois visité par les fantômes des Chevaliers du Temple.

Pour l'heure, Mathias n'était pas très chaud à l'idée de se faire attaquer par un loup ou autre bestiole dangereuse et il ne connaissait pas suffisamment la région pour savoir si c'était envisageable ou pas. En tous cas, le fait d'avoir son arme sur lui le rassurait un peu.

Il y avait quelques bergeries éloignées les unes des autres et sous le ciel qui s'assombrissait de plus en plus, il tournait en rond. Il avait froid, ne voyait pas grand-chose, et se maudissait tout haut d'avoir des chaussures aussi peu adaptées.

Il distingua, un peu plus loin, la lumière d'un feu de cheminée. C'était dans une bâtisse dont la porte était entrouverte. Enfin, un signe de vie dans ce paysage austère. Il avança encore tant bien que mal et reconnut l'arche à moitié effondrée de la bergerie d'Anthony.

Bien qu'elle fût entrouverte, il toqua à la porte. Comme personne ne répondait, il se permit de la pousser, tout en appelant Anthony.

Dès qu'il pénétra dans la grande pièce, son sang ne fit qu'un tour, il reconnut immédiatement le Lieutenant Grégoire Massa qui lui tournait le dos, assis sur un fauteuil.

- Police ! Les mains en l'air ! Ne faites rien d'autre, Massa, sinon je vous tire une balle dans la tête !

Grégoire Massa ne bougea pas. Il semblait même ne pas être surpris par cette irruption inopinée.

Mathias l'avait en plein dans sa ligne de mire. Il se sentait fort et prêt à tirer. Le temps du respect pour le Lieutenant Massa n'était plus de mise.

Il était fier d'avoir la main mais il n'eut pas le temps d'en tirer une grande satisfaction car il reçut un coup derrière la tête.

Un choc assourdissant qui lui percuta le crâne et le fit chanceler. La lumière sépulcrale que renvoyaient les flammes de la cheminée se défragmentait peu à peu pour éclater dans un noir absolu.

Chapitre 26

Lorsque Mathias reprit connaissance, il lui semblait retrouver sa conscience par paliers. Sa tête endolorie lui paraissait lourde comme une enclume. Ses membres engourdis ne lui obéissaient pas. Il finit par comprendre qu'il était assis, pieds et poings liés sur une chaise.
Il réussit péniblement à ouvrir les yeux, et vit que Grégoire Massa n'était plus assis à son fauteuil.

Anthony était à genoux et il lui tournait le dos. Il était occupé à nourrir le feu dans la cheminée. Lorsque les flammes assouvies craquèrent d'abondance, il se retourna lentement vers Mathias et lui sourit.

- Comment as-tu fait pour me trouver dans ce trou perdu ? Personne ne connaît l'existence de cette baraque.

Mathias n'avait ni l'envie, ni la force de répondre. Il était assailli par tout un flot de questions. Il imagina que Massa l'avait sans doute inspiré le soir où il avait tué sa femme et qu'ensuite ils agissaient à deux. Ou peut-être étaient-ils déjà complices avant même que le crime ne soit commis. Ou alors, Anthony n'était-il peut-être que son disciple ? Un simple exécutant ? Au fur et à mesure qu'il tâtonnait dans ses réflexions, il lui vint à l'esprit l'évidence qu'Antony avait bel et bien tué Morgane et Julia.

Les traces d'ADN retrouvées sur les corps pouvaient aussi bien être les siennes que celles de Camille. Le patrimoine familial de jumeaux identiques.
Mais comme un vaincu qui se soumet, il n'eut que la force de prendre sa respiration et de lui parler à voix basse.

- Alors, toi et Massa, vous étiez donc complices depuis le début ?

Anthony se leva et saisit le pistolet de Mathias qui était abandonné sur la table. Il le braquait d'une main et de l'autre lui coupait les liens des pieds avec un couteau à dépecer.
- Tu vas le lui demander toi-même ! Lève-toi et avance, nous allons faire une petite balade. Il t'attend. Ca va sans doute lui réchauffer le cœur de te voir ! Il t'a toujours bien aimé, ton chef ! Il me l'a dit. Pas plus tard que ce matin.

Sous la menace d'Anthony, Mathias le précéda pour sortir.
La lune était pleine et projetait deux grandes ombres qui descendaient sur un sentier.
Anthony lui ordonna de quitter le sentier et de tourner à droite. Ils s'enfoncèrent dans un bois sinistre où la lune fit une pâle révérence avant de leur fausser compagnie.

Au bout d'une dizaine de minutes de marche, Mathias vit une grotte dont l'entrée était éclairée par une torche coincée par des pierres. Il comprit que son triste sort y allait être scellé. Grégoire Massa l'y attendait, bien sûr. Et il le tuerait.

Il était devant son caveau. Au vestibule de la mort. Une peur irrévocable le saisit au ventre, son cœur se débattait dans sa poitrine, et ses jambes refusaient de le porter. Incapable de trouver la force de s'enfuir, il s'immobilisa.

Anthony lui colla le canon du pistolet sur la tête.

- Descends ! Massa t'attend !

Il baissa la tête pour pénétrer dans la grotte, dont il ne voyait pas l’extrémité à cause de la lumière de la torche qui l'aveuglait.
Soudain, un choc fulgurant électrisa tout son corps et vint réveiller un instinct naturel. Celui de l'animal féroce déterminé à survivre.
Tel un fauve en furie, Mathias se retourna et arracha l'arme des mains d'Anthony qui n'eut pas le temps de réagir à cette brusque offensive. Il pressa aussitôt sur la gâchette et une déflagration assourdissante déchira le silence de la nuit.

Anthony qui prit la balle en plein ventre, resta un moment effaré, puis tomba sur les genoux. Il regardait vers la grotte, en arborant un sourire étrange, une grimace perfide. Massa se tenait sans doute derrière, camouflé à l'intérieur, mais Mathias n'eut pas le temps de se dégager car Anthony se projeta de tous son poids sur lui pour le pousser vers l'entrée de la grotte.

Mathias recula pour l'esquiver et c'est à ce moment-là que le sol se déroba sous ses pieds et qu'il se sentit absorbé par le vide. Il tomba dans un trou de 4 ou 5 mètres de profondeur. Ce qu'il avait pris pour l'entrée d'une grotte était, en fait, celle d'une crevasse.

Durant sa chute, il percuta, l'une après l'autre, de grosses aspérités qui dépassaient des parois de la crevasse et qui le faisaient valdinguer comme un pantin, puis il s'écrasa au fond du trou. Les craquements des os de sa jambe résonnèrent dans cet abîme glacial et sombre. Une douleur violente lui percutait les reins, et il avait l'impression que sa tête allait éclater. Son corps était tout engourdi, mais il ne perdit pas conscience.

Anthony avait rampé jusqu'au bord du précipice, son visage était éclairé par la torche qu'il tenait dans sa main. Il regardait Mathias en riant. On eût dit que le diable penchait sa tête aux abords d'un enfer glacial.

- Tiens Mathias, attrape la torche !

Mathias ne pouvait rien attraper du tout. Il était paralysé de tous ses membres et vit dégringoler à un mètre de lui, la torche dont la flamme commençait à perdre haleine. Avant qu'elle ne s'éteigne, il eut le temps de voir une image qui le fit hurler de terreur.

Le corps désarticulé de Grégoire Massa était allongé à quelques centimètres de lui. Il était complètement éventré et ses yeux morts fixaient Mathias.

- Alors ? T'es content de retrouver ton chef ? Je t'avais bien dit qu'il t'attendait ! Il est tout frais, je l'ai éventré ce matin avec son couteau à dépecer.

Mathias était anéanti, il avait l'impression de vivre un cauchemar, au fond de ce gouffre et avec cet effroyable cadavre collé à lui.

Le souffle d'Anthony était de plus en plus saccadé, mais il continua à pérorer.
- Je ne comprends pas pourquoi il m'a épargné lorsqu'il a éventré ma femme. Toujours est-il qu'il a voulu rattraper son erreur car il me suivait partout. Sans doute pour me tuer. Alors je l'ai attiré ici à Caussols. Et je l'ai séquestré. Il est ici depuis le début.
- Pourquoi l'as-tu gardé en vie autant de temps ?
- Pour le torturer bien sûr. Ce fut un plaisir de l'obliger à me raconter dans le détail ses crimes passés. J'ai toujours eu envie de faire comme lui. J'ai toujours été possédé par ce désir de tuer. Déjà, lorsque j'étais adolescent, j'en rêvais à m'en faire jouir. J'ai passé ma vie à ne transgresser qu'à travers mon imaginaire. Mon fantasme de planter un couteau dans le ventre d'une femme, Grégoire Massa l'avait réalisé sous mes yeux. Te rends-tu compte ?

- Non, pas vraiment... Dans la foulée, tu as perdu la femme que tu aimais !

- Que tu es naïf, mon pauvre Mathias ! Je n'ai jamais aimé Annabelle. Je l'ai épousée parce que mon père le voulait ainsi. Elle était complètement folle. Elle m'a brimé pendant vingt ans !
Et c'est grâce à Massa qui m'a libéré d'Annabelle que je suis passé à l'acte. Il m'avait affranchi, tu comprends ? Cette garce me dominait, elle me faisait peur, j'étais son petit toutou. J'étais son faire-valoir, son esclave. D'ailleurs, à propos d'esclave, avez-vous retrouvé Rajaa ?
- Qui ? De qui veux-tu parler ?
- J'ai acheté une esclave marocaine. Parce qu'Annabelle me l'avait demandé. C'était une de ses dernières lubies. Elle aimait terroriser Rajaa, la dominer, la détruire. C'était son passe-temps favori. Elle exigeait de moi que je la viole sous ses yeux. Rajaa est enfermée dans une sous-cave, à la maison. Elle a dû clamser, depuis le temps... Tu penses bien que je n'allais pas signaler à la police que nous avions une esclave.

Des ondes de douleur continuaient à déferler sur le corps de Mathias. Et les aveux que lui faisait sereinement Anthony lui soulevaient le cœur.
- Tu es fou, Anthony, complètement fou ! Tu es encore plus fou que ton jumeau !
- Mon jumeau ? Quel jumeau ? De quoi parles-tu ?

Les paroles de ces deux hommes isolés, dépourvus de force, morts de froid, résonnaient sur les parois de la crevasse et venaient crever le silence de la nuit.
Mathias ne répondit pas tout de suite. Il voulait intriguer ce monstre, l'exciter, le détruire avant que la mort ne les emporte.

- Réponds, Mathias ! Quel jumeau ? Quel jumeau ???

Il avait perdu son cynisme et criait avec autorité, alors Mathias prit son inspiration pour lui porter le dernier coup d'estocade.
« - Écoute bien ce que j'ai à te dire, Anthony ! Avant de crever, il faut que tu saches. Ton salaud de père, ce père que tu aimes et que tu admires tant, a abandonné ton frère jumeau à la naissance. Il s'en est débarrassé comme on se débarrasse d'un chiot mal formé. Tout ça parce que Monsieur ne supportait pas d'avoir un mioche avec un bec de lièvre ! Et ce n'est pas tout. Écoute bien, sale pervers ! Ton père t'a fait croire que ta mère vous avait quittés pour partir avec son amant. Mais tout cela n'était qu'un mensonge. Il a placé ta mère dans un asile de fous pour qu'elle la boucle. Et elle s'est suicidée au bout de deux ans.

- Non, non, nooooooooon, c'est faux ! Mon père aurait été incapable de faire ça ! Tu mens ! Tu mens ! Mathias, dis-moi que tu mens !!!

Il hurlait comme un loup blessé, il appelait désespérément Mathias.
Mais Mathias ne pouvait plus répondre. Ses yeux venaient de se fermer et il ne bougeait plus.

Chapitre 23

A travers ses paupières, Mathias vit danser une lueur laiteuse. Anthony continuait à l'appeler. Mais il n'était pas seul. Il entendait aussi une voix de femme. Elle lui prenait la main, et lui parlait mais il ne comprenait pas ses mots. Et tous ces bruits de machine à côté de lui.

Il était tout entravé, Anthony l'avait encore ligoté.

Lorsqu'il parvint à ouvrir les yeux, il vit les têtes penchées vers lui. Comment pouvaient-elles être aussi près de lui alors qu'il était toujours au fond de la crevasse ? Il regarda autour de lui avec stupeur. Anthony avait changé de tête, ce n'était plus lui, c'était... le Procureur.

Le Procureur venait le sauver ! Il allait le sortir de ces oubliettes glaciales ! Il allait le dégager du ventre de la terre.

- Sortez-moi de là, Monsieur... le... Procureur... s'il-vous-plaît...
- On vous a dégagé du trou, Lieutenant, vous êtes à l'Hôpital de Grasse. Vous avez eu de la chance, on vous a géolocalisé grâce à votre voiture de fonction.
- Bonjour, Monsieur Michaud, je suis Lisbeth, votre infirmière. Et voici le Docteur Rico, qui prend soin de vous depuis une semaine.

Mathias sourit doucement, il se sentait léger avec ces gens qui lui voulaient du bien.
- Et Anthony ?
- Moins de chance que vous ! Il est mort.
- C'est Anthony, le coupable de ces meurtres... c'est pour ça que je... lui ai tiré dessus... il voulait...
- Ne vous inquiétez pas, Lieutenant, on a tout compris. Nos hommes sur place ont fait du bon travail. Ils ont parfaitement analysé la scène de crime.
- Oui, mais....

Le Docteur Rico les interrompit gentiment et s'adressa au Procureur.

- Laissez-le se reposer. Il a eu un grand choc traumatique en plus des interventions qu'il vient de subir. Une jambe cassée, deux côtes aussi. Sa colonne vertébrale a pris un sale coup. Il est sous morphine, revenez demain.

- Merci Docteur ! Je vous confie mon ami le Lieutenant Michaud, c'est le meilleur de la P.J.

Sous l'effet de la morphine et avec les compliments du Procureur, Mathias flottait sur un petit nuage. Mais avant de fermer les yeux pour se reposer, il posa une dernière question au Procureur.

- Meggy ? Et Meggy ? Est-ce qu'elle a été informée de tout ça ? Elle nous a rudement bien aidés...

Chapitre 23

Comme tous les jours, Meggy travaillait à la buanderie. Elle préparait de gros baluchons de serviettes et de draps. Sa copine Anne-Marie l'aidait en silence. Puis elles pliaient du linge, et en faisaient des piles qui n'en finissaient pas de s'accroître

Elles n'épongeaient pas la sueur qui coulait sur leur visage, elles étaient concentrées sur les gestes qu'elles répétaient inlassablement.

Au milieu de la vapeur, des filles chahutaient à côté, elles jouaient à se frapper avec des serviettes mouillées et riaient à gorge déployée. C'était toujours les mêmes qui mettaient un peu d'ambiance, elles étaient vivantes, insouciantes. Ou inconscientes. A travers ces jeux de lycéennes en récré, elles oubliaient leur avenir précaire.

Mais ce jour-là, Meggy ne s'y intéressa pas. C'était un grand jour pour elle, celui où elle préparait sa sortie.

Ici, Meggy ne jouait jamais. Elle ne cherchait pas à tuer le temps. Les filles l'appelaient la vieille Américaine. Elle travaillait, parce que ça lui permettait de s'acheter des cigarettes à la cantine. Elle mangeait, parce qu'il le fallait. Elle n'avait pas envie de faire comme les autres, parler, lire, regarder la télévision. Elle ne voulait plus sortir pour la promenade. Il y avait longtemps que la vieille Américaine ne suivait plus le mouvement que la vie carcérale imposait inexorablement.

Elle quitta la buanderie sans dire au revoir à la gentille et discrète Anne-Marie. Une gardienne la ramena à sa cellule.

Ses codétenues n'étaient pas encore revenues de la promenade.

Meggy rangea tranquillement ses affaires dans une petite valise. Elle décrocha du mur la photo de son père, et la mit dans son sac à main.

Elle se sentait sereine. Soulagée. Mathias avait mené son enquête à bien. Il allait vite se remettre sur pied. C'était un bon petit Lieutenant.

Quant à ce diable de Grégoire Massa, son adversaire de toujours, elle se réjouissait de l'avoir cloué au poteau. Elle triomphait de l'avoir démasqué et sa mort lui donnait une exquise satisfaction.

La partie était terminée et elle l'avait gagnée.
De son matelas, elle retira un drap avec lequel elle fit un nœud-coulant et l'accrocha aux barreaux de la fenêtre.

Elle se hissa sur un tabouret, mit le drap autour de son cou, puis elle plongea dans les flammes de l'enfer pour y rejoindre Grégoire Massa.

Epilogue

« Attends, attends, ma toute petite,
le soleil va s'allumer pour toi.
Attends, attends, ma si jolie, la rivière
va s'enflammer pour toi.
Attends, attends, ma petite fille, attends encore
et les étoiles luiront pour toi. »

Cela faisait des jours et des jours que Rajaa avait chanté son dernier souffle. Ses yeux fixaient à jamais les paysages de son enfance perdue.

collection polars niçois

le polar selon la Maison d'édition Baie des Anges

www.baiedesanges-editions.com

Tous les titres disponibles dans nos polars niçois :

Deux enquêtes du Commissaire Levigan :

Morte-saison sur la Jetée-Promenade de Carine Marret
Qui donc est l'homme dont le corps vient d'être retrouvé parmi les vestiges du Casino de la Jetée-Promenade de Nice après un séjour de trois semaines dans la mer Méditerranée ?
isbn 978-2-917790-28-1 / 8,50 € / 160 pages

L'Agonie du jour
Carine Marret
Dans le mois d'août finissant, deux hommes armés font irruption au musée des Beaux-Arts de Nice et s'emparent d'un tableau de Gustav-Adolf Mossa. Ils s'enfuient aussi avec un otage, dont le corps sans vie sera bientôt retrouvé. 200 pages
isbn 978-2-917790-39-7 / 8,60 €

Nice Mafia Song
Geneviève Roussel
Dans cette aventure qui la mène du Platier d'Oye, la France d'en Haut, à la Grande Bleue, la France d'en Bas, en passant, malgré elle, par la France du Milieu, la mafia… 104 pages
isbn 978-2-917790-33-5 / 8,00 €

Tous les titres disponibles dans nos polars niçois :

Mort-flash à Nice Ouest
Isabelle Luminet & Catherine Sackur
Un corps défiguré est découvert dans le laboratoire de chimie du lycée de l'Ouest. C'est le commandant Régis Fontan, qui est chargé de l'enquête. Pour résoudre l'énigme, Fontan et son adjoint devront se lancer dans un audacieux périple.
184 pages / isbn 978-2-917790-83-0/8,50 €

L'orgueil du diable
Brigitte Rico
C'est au cœur du Vieux-Nice qu'un tueur en série met en place, jour après jour, une exposition d'oeuvres d'art tranchées dans le vif ! L'auteure nous entraîne sur les traces de Grégoire Massa et Meggy Ker-Benson, (ancienne Profileuse du F.B.I.).
136 pages / isbn 978-2-917790-57-1/8,50 €

Les éditions dangereuses
Michel Seyrat
Jean-Bernard Brisseau-Brévent veut faire passer l'édition de l'artisanat à l'industrie. Mais sa chaîne de librairies LECTURE suscite des convoitises menaçantes. Larry Dammer, auteur de polars, prend de gros risques pour débusquer les requins. 200 pages / isbn 978-2-917790-70-0 / 8,50 €

A paraître :*Les séquestrées de la Prom par* Michel Seyrat

Tous les titres disponibles dans nos polars niçois :

Samba niçoise - Jean Emelina
Début des années 80, Jojo Coolos, a toujours rêvé de Brésil. Un jour à l'aéroport une super-nana lui demande de lui garder deux minutes ses bagages. Elle ne reviendra pas les chercher... Ainsi démarre, à fond la caisse, la vie de Jojo Coolos. La vraie. isbn 978-2-917790-50-2

Alerte à Coco Beach - Jean Emelina
Nous sommes en 2006. Promu commissaire divisionnaire, René Malaspina, a du vague à l'âme. Seules consolations : son ami, le capitaine Bellini, et la plage de Coco Beach. Et voilà que par un bel après-midi de septembre, il remarque sur les rochers une splendide brune digne du Crazy Horse Saloon qui se dore au soleil. isbn 978-2-917790-62-5 / 8,50 €

Cyanure à Valrose - Jean Emelina
Un prestigieux professeur de l'Université de Nice-Sophia Antipolis vient d'être trouvé raide mort dans son bureau de Valrose. Le commissaire Bellini va être chargé de cette ténébreuse enquête. Outre la victime, il y aura Natalya, son épouse (une splendeur slave), Paméla (une horreur locale), Angelo, un camarade de classe du lycée Masséna... 200 pages / isbn 978-2-917790-77-9

Ouragans sur la Côte, de Nice à St-Trop' - Jean Emelina
Voici l'histoire de Clotilde Soleilhavoup. Elle est moche, bigote, bigleuse, mais cuisinière hors de pair. Elle a découvert la Côte d'Azur et Saint-Tropez. Cet été-là, qui pouvait prévoir que des menaces terroristes pesaient sur l'illustre cité. Mais il y avait Cloclo !

Remerciements de Brigitte Rico
Robin, famille, amis, élèves je vous remercie de votre soutien qui m'a bien aidée à affronter les loups de cette histoire sanglante ! Merci à mon complice Georges Rocco, bien sûr !

Remerciements de Georges Rocco
Je remercie mon épouse Ana et mes deux enfants, Sandro et Amanda qui m'ont encouragé et soutenu dans cette merveilleuse aventure. Merci à ma complice Brigitte Rico, bien sûr !

Nous remercions notre éditeur préféré, Michel Bounous.

collection polars niçois

le polar selon la Maison d'édition Baie Des Anges

www.baiedesanges-editions

Le Carnaval des loups

Brigitte Rico
Georges Rocco

Collection Noir Méditerranée - V11

L'éditeur remercie Jean-Paul Fouques
pour sa photo de couverture

BDA N°111
Maison d'édition Baie des Anges
8 Chemin de la Lauvette - 06300 Nice
Imprimé en UE en août 2016
Dépôt légal à parution

www.baiedesanges-editions.com

ISBN N°978-2-917790-98-4
ISSN N°2110-0470

Prix 8,50 €

baie DES ANGES
MAISON D'ÉDITION-COTE D'AZUR

Photo Jean-Paul Fouques